U0782999

中国历代通俗演义故事·农闲读本

官场现形记

原著 李宝嘉
改编 张 明
插图 刘 岩 李 娜

吉林出版集团股份有限公司

图书在版编目(CIP)数据

官场现形记／张明改编.—长春：吉林出版集团股份
有限公司，2008.11(2023.8 重印)
(中国历代通俗演义故事：农闲读本)
ISBN 978-7-80762-926-9

Ⅰ.官… Ⅱ.张… Ⅲ.章回小说—中国—清代—缩
写本 Ⅳ.I242.4

中国版本图书馆 CIP 数据核字(2008)第 165856 号

GUANCHANG XIANXINGJI

书 名	官场现形记	
出版策划	崔文辉	
责任编辑	孙骏骅	
出 版	吉林出版集团股份有限公司	
	(长春市福址大路 5788 号，邮政编码:130118)	
发 行	吉林出版集团译文图书经营有限公司	
	(http://shop34896900.taobao.com)	
制 作	猫头鹰工作室	
电 话	总编办 0431-81629909 营销部 0431-81629880	
印 刷	三河市金兆印刷装订有限公司	
开 本	889×1194 毫米 1/32	
印 张	6.25	
字 数	104 千字	
版 次	2008 年 11 月第 1 版	
印 次	2023 年 8 月第 2 次印刷	
标准书号	ISBN 978-7-80762-926-9	
定 价	38.00 元	

(如有印装质量问题请与出版社调换。联系电话:18533602666)

前 言

　　《官场现形记》是清末李宝嘉写的一部著名的谴责小说，是晚清谴责小说中最具代表性的作品之一。这部小说共六十回，约七十多万字。小说主要是讲述晚清官场发生的故事，以尖锐的笔触揭露了当时官场的种种腐败、阴暗和丑陋，把上至军机大臣、总督巡抚，下至知县典史、管带佐杂的蝇营狗苟、卑鄙龌龊、阴险虚伪刻画得淋漓尽致。整部小说从一个"官"字说开去，以一个"钱"字为核心，讲述了各种可笑、可叹、可悲、可耻的故事，将晚清腐朽丑陋的官场完全暴露在我们面前。

　　许多人都认为《官场现形记》中的人物很多都是真实存在的，只是被作者改头换面、更名换姓罢了。胡适曾说过："就大体上说，我们不能不承认这部《官场现形记》里大部分的材料可以代表当时官场的实在情形。那些有名姓可考的，都是历史上的人物，不用说了。那无数无名的小官，从钱典史到黄二麻子，从那做贼的鲁总爷到那把女儿献媚上司的冒得官，也都不能说是完全虚构的人物。"一切艺术均源自生活，当然也高于生活。我们也不必把小说中的人物和现实中的人物一一地对号，但是小说肯定反映的是当时的社会现实，这一点是任何人都无法否认的。读了这部小说，我们可以了解那时候人的生存状态,再想想我们今天,就会觉得我们真的是生活在一个幸福的时代,一个充满希望的社会里,这不就足够了吗?

我们这里只是选取了我们认为比较有意思的、有代表性的二十个故事,并对这些故事进行了适当的改编,试图以活泼轻松的形式、简洁通俗的语言、曲折动人的故事向读者展示这部小说的风采,让读者感受这部小说的魅力,了解那个时代的生活和人的境遇。

当然,我们的改编肯定存在这样或那样的问题,定然缺乏原著那样强的艺术感染力,但我们在改编中尽力地进行了这方面的追求和努力,而且尝试用二十个小故事让读者窥见整部小说的魅力。希望广大读者能给我们多提宝贵意见,以便我们今后不断进步。

编　者

目录

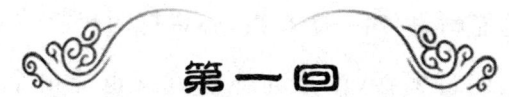

第一回

望成名学究训顽皮小儿

在陕西同州府朝邑县城南三十里的地方(今陕西大荔县赵渡镇),有一个小村庄,村子里只住着赵、方两姓人家,也就二三十户的样子。这两姓人家祖上都世代务农。赵家到了赵老爷子这一辈儿,开始请先生教儿子读书,虽然儿子没什么大出息,可是到了孙子辈时,孙子赵温竟然中了秀才,这可羡慕坏了村里人,尤其是让方家人眼热得不行。

为了不让赵家比下去,经过商量,方姓家族中几个比较有钱的人合伙开了一个学堂,又到城里请了一个叫王仁的老先生来教书。这个王仁,以前做过举人,年纪虽然一大把,却很有责任心,不到几个月,还真就教出了点儿名堂来,学堂的孩子有的会对几个对子,有的会作几句诗,其中有个天分高的,给他出个题目,竟然还能讲上一讲。这可高兴坏了几个老东家,他们合计着明年还请王仁继续教。王仁见孩子有进步,东家满意,他也乐得继续教。那个能讲上一讲的孩子的父亲叫方必开,他家门前有两棵合抱的大树,因此大伙都管他们家叫"大树头方家"。这方必开见儿子经先生指教后,有了这么大的能耐，那叫一个高兴，心想打明年起，一定得额外给先生王仁四贯铜钱，没准儿他们方家也能出个秀才什么的呢！

时光如梭，话说这一年又是大考之年。赵老爷子送孙子赵温去赶考，自打赵温考完回家，赵家人是天天盼，日日盼，可就是不见榜文下来，可真是急坏了赵家人。农历九月初九过后的一天早上，一阵马铃声把村里人从睡梦中吵醒了。开门看时，只见一群人呼呼啦啦向西跑去。一打听，才知道赵老爷子的孙子考中了举人。正好这时方必开也在人群中看热闹，得知这个信儿，连忙一口气跑到赵家，只见一群人，头上戴着红缨帽子，正忙着在那里贴喜报呢。方必开自从儿子读了书，西瓜大的字，也跟着学会了几个。他一边看，一边念道："喜报：贵府老爷赵温，应本科陕西乡试，高中第四十一名举人。报喜人卜连元。"他看了又看，念了又念。正在那里琢磨，冷不丁肩膀上有人拍了他一下，叫了一声"亲家"。方必开吓了一跳，定神一看，不是别人，正是那新中举人赵温的爷爷赵老头儿。

原来这方必开，前头因为赵府上中了秀才，想要巴结赵家，于是就把自己的三女儿托人做媒，许配给了赵温的兄弟，所以这赵老头儿才叫他亲家。方必开一看是亲家的老爹，赶紧当街跪下，咚咚咚地磕了三个响头。赵老头儿赶忙把他扶了起来。方必开一边掸着自己衣服上的土，一边说："您老今后可相信咱的话了？咱从前常说，城里乡绅老爷们的眼力，是很不错的。十年前，城里石牌楼王乡绅下来上坟，是借你这屋里打的尖。王老先生饭后无事闲溜达，走到书房，正赶上几个学生在那里对对子。王老先生一时高兴，便说他也出一个你们对对。刚刚那天下了点儿雨，王老先生出的上联就是'下雨'两个字。我记得你们这位少老爷便脱口而出'出太阳'。王老先生点了点头，说道：'"下雨"两个字，对"出太阳"三个字，虽然差点儿，也还将就，将来这孩子没准儿还真能有点儿出息。'你老想想看，这可不正应了王老先生的话了吗？"赵老头儿道："可不是嘛。要不是你提起，我倒忘了这事了。眼前已是九月，大概这个月月底或者下个月月初，王老先生一定会再来上坟的。那时候把你儿子也一齐叫了来，让王老先生也考考他。兴许你儿子也同我这小孙子一样呢！"方必开听了这话，高兴得合不拢嘴，又说了半天的话，才告辞回家。

回到家里已是晌午，家人把饭菜都摆放好了，叫他吃他也不吃，自己一个人背着手，在书房前来回地走，嘴里念念叨叨，说什么"喜报""贵府老爷""报喜人卜连元"。家里人听得糊涂，还亏了书房里的王先生，明白东家是因为今天赵温中举，勾起那痰迷心窍的老毛病来，于是忙叫老三："把你爹搀到屋里来坐。"这老三便是那个能讲上一讲的孩子，听了这话，忙把父亲扶了进来。谁知他父亲跑进书房，就跪在地当中，朝着先生一连磕了二十四个响头。先生忙还礼，又连忙扶起了方必开。这时候方必开一句话也说不出来，拿手指指自己的心，又指指他儿子老三，用双手朝着王仁拱了一拱。王仁已明白了几分了，随手拉过一条板凳，让东家坐下，又拉了老三的手，说："老三，你知道你爹今儿这个样子，可都是为了你吗？"老三说："怎么为我呢？"王仁道："你没听说你赵家大哥中了举人吗？"老三道："他中他的，和我有什么相干？"王仁道："虽说人家中举和你没多大关系，可你爹是羡慕得不行啊，你爹就你这么一个儿子，让你读书，自然希望你上进，将来也同你赵家大哥一样，挣个秀才举人啥的。中举就有官做，做了官就有钱赚，还可以坐堂打人，出起门来，鸣锣开道……多神气、多气派啊，不念书、不中举，啥时候也不会有这样的好事啊。"老三这孩子，年龄虽小，但听了"做了官就有钱赚"这句话还是很动心，但他忽然问道："师傅，你也是举人，为什么不去中进士做官呢？"

方必开听了先生教导他儿子的这一番话，心上一时欢喜，喉咙里的痰也就活动了许多，后来又听见先生说做官就有钱赚，他就哇的一声，一大口的黏痰就要呕出来，可刚刚吐得一半，忽然又听见他儿子反问先生的那句话，问得先生哑口无言，他的痰也就搁在嘴里头，吐不出来了，直勾勾地瞅着先生，看先生怎么回答。只见那王仁愣了好半天，脸上红一阵儿，白一阵儿，忽然他把眼睛一瞪，吹了吹胡子，一手拿起板子，指着老三骂道："混账东西，我今儿一番好意，拿好话教导你，你倒教训起我来了？问问你爹，请了我来，是叫我管你，还是叫你管我的？学生倒管起师傅来了，这还了得！这个书不能教了。不能教了！不能教了！"这方必开哪见过先生发这么大的火儿，明知是儿子冲撞了他，可这个时候满喉咙里的痰一个劲儿地往上涌，真是要吐吐不出，要咽咽不下，想要说话可哪能说得出！急得他两手乱抓，嘴唇边吐出不少的白沫子，好像犯了羊角风。老三却还在那里叽叽歪歪地说："是好样的，就去中个进士做个官啥的给我看看，不要在俺们家里混闲饭吃。"王仁听了这话，气得眼珠子都要冒出来了，拿着板子赶过来打。老三又哭又跳，闹得不可开交。幸好老三的叔叔听见，赶了进来，打了老三两巴掌，给先生又是作揖，又是说好话，总算暂时消了先生的怒气。接着又搀出哥哥方必开才算完事儿。

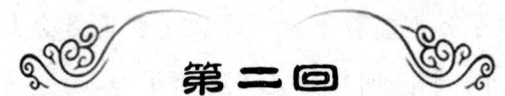

第二回
钱典史辛苦钻营把官谋

　　钱典史谋官的事儿还得从赵温进京说起。赵温自打正月出门,到现在马上就是春暖花开的三月了。这一日,赵温闲来无事,不由得千般思绪,万种情怀,萦绕心头,真是不知如何排解。自己背井离乡,一个人在外并且一事无成,想到这里不禁落下泪来。心想还不如整顿行装,打道回府呢。"少爷,家里来信了!家里来信了!"赵温正在伤心,这时仆人跑了进来,手里拿着信嚷道。原来是他爷爷巴望他做官心切,寄来一封信,又汇来了两千多两银子。信上写道:"如果能连中,那最好了;如果不能连中,那就赶紧花银子买个京官儿当。"信上交代这也是王乡绅给出的主意。又写道:"东挪西借,好容易弄了这些银子。指望你在京城里弄个官儿做,可不许你胡乱地把银子花了,辜负了家里人的一片苦心啊!"这封家信可谓是苦口婆心,语重心长。

　　赵温看过这封信,一时也是没什么好的办法,只得托了钱典史替他打听。这个钱典史起初根本瞧不起赵温,一见他有了银子捐官,便勉强自己假装和赵温亲热起来。这一日赵温竟然托他打听买官的事儿,钱典史的心里可真是高兴坏了，今天听戏，明天吃饭，一顿地折腾。又拉来一个说北京话的哥们儿，天天同吃同喝，说是自己的把兄弟，认得部里的一个办事官员，说这种买官的事儿托他，那是一买一个准儿。赵温是深信不疑，第二天，赵温穿戴整齐去拜访钱典史的这个把兄弟，又请这个人吃了顿大餐。后来就托他买官，结果这个人花光了赵温的两千两银子，还对赵温说钱不够，而且自己还替赵温垫付了五百两。赵温只好先给这个人打了个欠条，又急忙写信给家里叫寄钱。忙了一个多月，好在这事儿终于办下来了，从此以后，赵孝廉变成了赵中书。

这次替赵温买官，钱典史从中弄了不少的银子。他这次随赵温来京城就是想混个一官半职的，也是他点儿高，遇见一个办事官员，一起喝了几次酒，建立了不错的关系，答应替他想法子。这个人把钱典史从前犯案记录的字眼改轻，然后拿了银子上下打点，又做了些手脚，不上两个月，钱典史便官复原职，做了江西上饶县典史。听说这个职位油水还不少，他内心这个美啊。可是后来一打听，倒霉的是原来揭发他的那个知府，现在正做江西藩司（主管一省民政与财务的官员，俗称藩台），真是冤家路窄，落在那个知府手里，自己还能有好日子过吗？想到这些，钱典史心里这个难受啊！郁闷之下就跑去同他把兄弟——就是上次替赵温买官的那个人喝酒商量。他把兄弟说："这个嘛，小事儿一桩！我隔壁住的徐都老爷，就是这位藩台大人的老乡。去年这位藩台来京城的时候，徐都老爷还请他吃过饭，小弟有幸作陪。他俩的交情肯定非同一般啊！在酒桌上俩人嘀嘀咕咕，咬了半天耳朵，不知道说了些什么。后来这位藩台大人出京的时候,还叫手底下人送了他四两银子作为孝敬呢。"钱典史说:"这样的交情,应该多送几两啊,怎么就送四两呢?"他把兄弟红着脸说:"这个就不是我们外人能知道的了。或者人家私底下另外多送,我们也看不见。再就是,大概同乡,都是四两。他们做官的,多了少了的,可能是怕别人挑理吧。"钱典史说:"也是。对了,兄弟你看我的事儿怎么办啊? 哥哥心里急啊!""你先别忙。待会儿我就去隔壁,相信花上百把两的银子,求这徐都老爷写封信,替你说说好话,肯定没问题。"钱典史说:"一封信就要花这么多银子啊?"他把兄弟道:"哥哥,你别急。你的事儿,就是我的事儿。怎么着咱们也得把这事儿摆平了。"当时钱典史再三拜托而去。

原来钱典史这个把兄弟叫胡理,人送外号"狐狸精"。这胡理真叫精明,认识的人那叫多,无论哪里都会溜了去。这次受了把兄之托,当晚就蹭到了隔壁,找上了徐都老爷,说明来意。并说:"不会让您白忙活的,您看五十两中不? 好歹您就赏一封信吧。"徐都老爷说:"这要是论起来呢,同乡倒是同乡,不过没有什么大交情啊,只怕写了信去不好使啊!"胡理道:"这您就不用操心了,您看银子面,随便写几句给他就完了。"徐都老爷一想,家里用钱的地方多着呢,自己正在那里着急,不知道咋办呢,可巧有了这事,真是天助我也! 于是马上同意了,告诉明早儿来取信。又问:"银子是现成的吧?"胡理说:"怎敢不现成! 那您就费心了,明儿见!"随即起身告辞,徐都老爷还一直送到了大门口。

第二天,徐都老爷一大早儿就起来把信写好。一等等到晌午,也不见那胡理来取信。心里七上八下的,不知道银子还能不能到手。下人请他吃饭也不吃。原来昨晚上,他已经告诉家里人,明天就有钱用了。谁知第二天左等不到,右等不到,真正把他急得要死。好不容易等到两点钟,大门砰砰作响,徐都老爷顾不上叫下人,连忙自己跑去开门。一见是胡理,心里真是乐开了花。赶紧让到屋里,又是泡茶又是点烟,好一顿忙活。胡理还没开口说话,这徐都老爷已经把信取出,递到他面前。胡理把信从信封里取出,看了一遍。一边把信装回去,一边嘴里说道:"真是想不到,那人竟然变了卦!"徐都老爷听了这话,仿佛晴空一个闷雷,脸儿都变了,连忙问道:"怎么了,是不是没银子了啊?"胡理不紧不慢地答道:"有我在这儿呢,还怕他跑了吗?不过实在拿不出,也就没啥法子了。"徐都老爷道:"不会一个子也没有吧?"胡理道:"有是有,不过只有一半。真是对不住您老,我都不好意思拿出来。"徐都老爷道:"到底他肯出多少?"胡理也不言语,只是从靴子里拿出一张银票,徐都老爷看见,眼睛里早就冒了火,一把抢了去。胡理道:"就这二十五两还是我垫出来的呢!您老先收着吧,以后再给您补上其余的二十五两。"徐都老爷也是无可奈何,只好把信给他。胡理拿了信直接就去找钱典史,说替他垫了一百两银子,还说起先徐老爷不肯写,后来看自己的面子才写的。

钱典史自是对胡理千恩万谢,忙着连夜收拾行囊,打算后天出发。心里一合计,只有他把兄弟胡理那儿,还有一些账没有清。他这个把兄弟胡理外面虽然出手大方,其实内心极其抠门儿;心里很想钱典史把账算清了,可是又碍于面子。钱典史有一个翡翠的带头子,能值几文钱,以前钱典史也说过要卖掉这东西。胡理这日心生一计,说有个人要买这东西,把它骗到了手里,心想赚一文是一文吧,满心欢喜。第二天便推说有病,写了一封信,叫做饭的替他送行。信上还说:"带头子买家已经看过了,出的价不高,卖了后,银子一定给哥哥寄去。"事情已经这样了,钱典史明知被骗,却也无可奈何。自己结了房饭账,辞别了赵温,坐上驴车就离开了。

一路驴车颠簸,接着又坐海轮,坐江轮,这一日终于到了江西省城,随便找了个落脚地。可巧了那位江西藩司也是护院,是钱典史来此必须要见的第一个官员。钱典史一时也不敢独自去投信,怕大人认出自己,所以只好瞧准了日子,跟着同班一大帮走进去拜见大人,在廊檐底下朝着这大人磕了三个头,起来又请了一个安。那大人只摆摆手,没有问话就进去了。钱典史来的时候手里捏着一把汗,怕问起以前的事,幸好贵人多忘事,过了这一关,钱典史心里一块石头才稍稍放下。

但是钱典史谋的那个职位,现在还有人在干着呢,那个人还没有离任,而这里的上司也没有让钱典史接替的意思。这位钱典史眼巴巴地一心想上任,谁知道竟然有这样的事儿啊!叫他空闲在省城里,他怎么能受得了啊。一天到晚,他是忙开了,不是挖门子,就是找朋友拉关系,东也打听,西也打听,能攀上高官那是奢谈,但只要是在府厅班子里当差的,有能在上司面前说得上话的,他便极力巴结讨好。后来有人告诉他,现在支应局兼营务处的候补黄大人,是护院大人身边天字第一号大红人。啥事情托了他,到护院面前说一是一,说二是二,肯定能办成。

钱典史听见这条门路,便一心一意地想去钻。毕竟他办事精细,精于此道。没见到黄大人之前,先托人介绍,认识了黄大人的门人,和其中一个叫戴升的先要好起来,拜把子,送东西,喝酒吃饭,和亲兄弟一样,几乎穿了一条裤子。感觉差不多了,慢慢地才把"省里闲不起,想求大人提拔提拔"的意思说了出来。戴升道:"兄弟,这事儿怎么不早说,这是好事儿啊,这么点儿事儿,做哥哥的还是可以帮上忙的。"钱典史听了,喜得嘴都合不拢了,忙说:"既然这样,那我明天一早就来拜见大人吧。"戴升道:"先别忙。早来无用,早晨找他的人多,哪有工夫见你,要来,就明儿晚上来。"钱典史忙说:"多谢赐教,如果能得大哥在大人面前美言几句,大人高兴赏派兄弟个差使,免得妻儿老小跟着挨饿,大哥对小弟真是恩同再造啊。"说完之后,便要叩谢。戴升连忙搀住他说:"都是兄弟,说哪里的话,又何必如此大礼,明晚准时来就好。"

钱典史走后,碰巧上头有事叫戴升进去,问了两句话。原来黄知府今天查了支应局一个收支委员,且撤掉了这个委员的差使,这个小委员竟然贪了好几百两银子。黄大人心里正想找一个靠得住的来接替,随口和戴升谈到这件事。正是该着钱典史运气来了,戴升便顺水推舟地提到了钱典史,说现在有个新选上饶县典史钱某人,如何精明,如何干练,而且曾任实缺("缺"就是职位的意思),只因他的那个缺还未空出来，所以暂时还没有赴任。如果任用了这种有缺的人，他一定尽心竭力，报效大人的知遇之恩，肯定不会出什么差头的。黄知府道："可是我没见过这个人啊。"戴升道："他可是常常要来拜见大人，小的因为老爷您忙，哪里有工夫见他，所以就从来没有上来向您禀告。"黄知府道："既然是这样，那你叫他明天晚上来见我吧。"戴升连应了几个"是"，退了出去。

第二天，钱典史急得如热锅上的蚂蚁，哪里能等到天黑，太阳还老高的，就跑到公馆，见外头放着两乘轿子。他也没停，直接走到戴升屋里，请安坐下。戴升便把昨儿晚上替他吹嘘的话告诉了他，并说："支应局现在有一个收支委员的差使，上头原本是要任用别人的，是我硬替你老弟扛下来的，做哥哥的够意思吧。"钱典史又是感激，又是欢喜，忙问："大人啥时候回来呢？我啥时候可以去拜见大人呢？"戴升道："大人现在会客呢，你先在我这屋里吃点儿饭，等他老人家送过客，咱们再上去也不晚。"钱典史无奈，只得暂时按捺住急切的心情。过了一会儿，只听得里头喊"送客"，接着走出来两个人，黄知府后面跟着送。走到二门（大门里边的总门）口，这两个人站住了脚，黄知府也停住冲他们寒暄了几句，然后先进去了。这两个人也各自上轿回去。

上灯了，钱典史已经在戴升屋里吃过了晚饭。看看时间差不多了，戴升先进去替他回了话，接着出来领他到大厅西面一间小花厅里坐下。这时的钱典史，一个人坐在那里，大气也不敢多出，静静地坐在那儿，足足等了半个钟头，终于听见了靴子响，要到花厅门的时候，他又听见了一声咳嗽。接着跟班的小厮将花厅门帘撩起，一个身穿家常便服、面孔胖胀、满脸发青、一嘴的浓黑胡子、两只眼睛直往上瞧的人踱了进来。钱典史连忙跪倒叩拜，起来后马上请了一个安，接着又请了一个安，然后才从袖筒里战战兢兢地摸出自己的履历表呈了上去。黄知府一面接在手中，一面叫钱典史坐下。钱典史哪里敢坐，但又不能不坐，只好半个屁股坐在凳子上，垂着脸儿等大人问话。黄知府把他的履历翻了翻，随手放在一边，问道："啥时候到的啊？"钱典史忙回："上、上个月到的。"黄知府道："上饶的缺不错啊！"钱典史道："还不是大人栽培！只是一时无法到任。"说到这里，黄知府喊了一声："来！"只见小厮拿着水烟袋进来装烟，黄知府接着只管吃烟，不再问话了。钱典史心想不能就这样干坐着啊，豁出去了，心里给自己壮了壮胆，站起来又请了一个安，说："小人上有老母，下有妻儿，家里实在是穷啊，可现在是有缺却不能到任，还请大人提拔提拔。"说完又连忙跪倒磕头。黄知府道："求我的人实在是太多，我要再添几百个差使，才能够都照顾到，你先起来吧，容我考虑考虑。"钱典史听了哪里还敢再说话。只见黄知府茶碗一端，管家喊了声："送客！"钱典史只好告辞出来，黄知府送到二门，也就进去了。

钱典史回到戴升屋里，哭丧着脸一屁股坐在凳子上。戴升看出了他的苗头，忙安慰他说："我说兄弟，官场上的事儿，你也算见过的了，哪里会有一见面就委你个差使的？你以为你是谁啊？你多走动几次，加上有哥哥我在里头说好话，咱们兄弟自己的事儿，我还能不上心啊。这点儿小事儿，也值

钱典史拜会黄知府

得放在心上吗?"钱典史道:"做兄弟的不是不知道这个理儿,只是刚才我求大人,他老人家的口气不太好,再来恐怕他闭门不见啊。"戴升道:"兄弟你放心,有哥哥我在,包你可以再见到大人。"钱典史道:"也是,那就全仰仗哥哥了,等以后弄成了,少不了哥哥的好处。"接着给戴升请了一个安,然后告辞出来,回到住处。后来又去过几次,只是有时见着,有时见不着,好在钱典史比较有毅力,而戴升又真心帮忙。

　　一天,钱典史又走到戴升这里,戴升也正从老爷那里问事下来,笑嘻嘻地朝着钱典史道:"兄弟,天大的好事儿啊,先说怎样谢我,我才能告诉你!"钱典史一听有门儿,忙道:"哥哥啊,你别拿人开心了。谁都知道你戴二太爷一向是一清如水,谁人见你受过人家的谢礼啊,这话怎么能从哥哥你的嘴里说出来呢!"旁边戴升的一个伙计听了这话,笑道:"钱太爷真真是好口才!"戴升笑道:"玩笑!玩笑!兄弟,我们这边谈正事要紧。"钱典史便跟了戴升到套间里,两个人嘀咕了半天,也不知说些什么。末了只听钱典史说道:"以后凡事先有了哥哥,才有我这做兄弟的,哥哥您放心吧!"说完出来,欢天喜地,就像一个未长大的孩子,几乎是蹦蹦着离开了。原来钱典史是苦心人天不负,终于谋得了那个收支委员的差事。

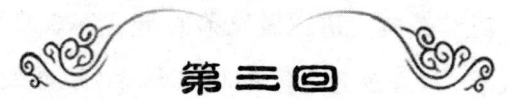

第三回
何藩台兄弟二人卖官位

何藩台,人送外号荷包,原来的藩台去代理巡抚的职位了,所以这个荷包大人就有幸暂时代理藩台这个职位。他这人生平最爱的是钱,不爱他爹,不爱他娘,甚至连他自己也不爱。自打当上这个藩台,夜里不知道笑醒了多少回,总是梦见身边有大把的银票、白花花的银子。本来他是想在这个藩台任上好好地满足一下自己,可是这个荷包大人还有点儿好面子,怕别人说自己的闲话,所以也不敢太嚣张,不敢太明目张胆地标价卖官。可是最近听说新抚台用不了多久就要来接印,他这代理藩台是不能长久的,所谓秋后的蚂蚱——蹦跶不了几天了。自从听了这信儿,荷包大人这个闹心啊,急得如热锅上的蚂蚁,真是恨不得所有的人都来找他买官做,甚至如果可能,他想这个藩台的职位是不是也可以暂时地卖出去一天两天的!

这一天,何藩台叫来了他的同事、朋友、亲戚等好多人,吩咐他们加大宣传力度,四下里替他招揽生意,不论什么出身、什么文化,只要有钱就可以做官。一千两银子起价,一千两银子一般能谋个中等职位,最好的职位大概需要两万两银子，如果有人肯出更高的价钱则更好，正是韩信点兵，多多益善。原则就是谁有银子谁做，绝对公平交易，完全钱到官到，童叟无欺，货真价实。后来，条件更宽松了，如果没有现钱，先打个欠条也行，上任后再补交上，但是花现钱的绝对优先做官。

且说这位藩台大人，自从改定章程，广告打出去以后，现钱交易说一不二，真的是门庭若市，生意兴隆，那叫一个火。在何藩台管辖的范围内有一个知县，这个知县看中了一个职位，一门儿心思地想要得到，便走了何藩台兄弟的后门，甘愿花八千两银子。藩台听说后立即答应了，三方面谈妥了，心里乐开花的知县还请何藩台兄弟二人去撮了一顿。正要挂出牌去，告诉其他人这个职位已经有人了，忽然护院大人传见何藩台，藩台赶紧穿戴整齐打轿上院。护院找何藩台来，原来不是为了别的事儿，就是护院手下有个胡巡捕，这个巡捕给护院大人当了半年的差，既懂事又殷勤，很是得大人的喜欢。现在护院大人不久就要离任了，想在自己离任之前给这个胡巡捕弄个好差事，照顾照顾他，也不枉这个胡巡捕跟了自己一场。可何藩台做梦也没想到，护院指名想要的那个职位，就是这位荷包大人刚刚以八千两银子卖出去的那个职位。护院大人的话一出口，何藩台心里这个犯难啊，心想："职位那么多，怎么就偏偏挑中了这个呢！这个昨天刚答应了人家，而且是现钱交易。怎么能言而无信呢，这叫我以后还怎么做生意啊？想不到护院大人也看中了这个职位，如果答应大人，这叫我怎么回头和人家说呢?"转念一想："管他呢,反正这护院大人不久就要离任了,到时候也不是我的上司了,怎么能管得着我,我也不必担心他给我小鞋穿。他要照顾手底下人,为啥不等他新职位上任之后呢,然后自己爱拿哪个职位给谁,碍我啥事儿,为啥一定要这个时候来抢我的衣食饭碗呢?可是毕竟现在他还是自己的上司,怎么着也不能人还未走茶就已凉,不如另外给个缺,敷衍敷衍。"何藩台主意打定,内心窃喜,便回护院大人道:"大人所说的那个职位,其实不咋地啊!大人您听我说啊,那个职位一来离省城太远,二来那个职位只是徒有虚名,毫无实惠,估计在那儿也弄不到什么好处。胡巡捕当差勤奋,又是大人您的吩咐,等下官回去,一定安排一个好职位给胡巡捕,今天晚上就给您回复,保准大人满意。至于大人说的那个职位,现在已经安排人了,而且马上就要对外公布了,大人您一定体谅下官啊!"护院道:"那个职位依我看来,应该不错啊,怎么,难道在何大人那儿还不算好啊?"藩台道:"大人客气了!职位虽然表面不错,但是当地的老百姓不是很好摆弄啊,那地方民情可是相当地不好,凡事都不太好办。等下官回去安排一个民情好一点儿的地方,也不枉费了大人栽培他这一番盛情美意,大人您看呢?"原来这何藩台卖官,护院大人早已有所耳闻,也知道那个职位可能已经成交了,只是心上想定要同这个何藩台争一争,看看如何。转念一想,自己不久就要到别的地方任职了,何必和他结下疙瘩呢?毕竟为了一个胡巡捕也不是很值。何藩台既然说得如此好,也不好再强迫他,且看看他怎么给安排吧。想到此,护院大人点了点头儿,说了声"何大人你费心了"。何藩台这才松了口气,起身告辞回去。

藩台大人回到府衙,吃过了饭,正在平时办公的地方休息,这时他兄弟三大人走了进来,叫了一声:"哥。"藩台慢条斯理地问道:"什么事儿啊?"这个三大人说:"昨天九江府新出了个空职位,今天一大早,钱庄里一个朋友接到那里的首县一个电报,请求钱庄先替他垫送两千银子,想求藩台大人任命这首县代理九江府一两个月。这个代理九江府的职位,油水也就一般般,只不过就是图个面子上好看些。哥您看怎么样?"藩台道:"也没听说九江知府生病啊,怎么就突然死了呢?"三大人道:"现在只知道职位暂时空着呢,具体是个什么情况还不知道呢。电报上也没有写明。"藩台道:"首县代理知府吧,这也是常有的事儿。但是一个知府只值两千银子,未免太便宜了,传出去让人家笑话!老三,生意不能做得这么滥,一定要严格把关啊!"三大人说:"我的哥呀!都啥时候了啊!新抚台一到任,护院大人再一回任,您也得跟着回任,这藩台还能代理多长啊,咱们哥们儿还不趁早捞一个是一个?过了这个村可就没有这个店儿了啊!"藩台道:"一个知府只卖两千,那知县什么的还咋卖啊,这样卖下去,不等新藩台来,咱们的生意也要做到头了!"三大人道:"职位的好坏高低都要看,一分钱一分货讲的也正是这个道理,这代理不过两三个月的事情,能捞到的好处也到不了哪儿去啊。"藩台道:"代理难道就不要挂牌吗?"三大人道:"牌当然是要挂的。"藩台道:"要挂这张牌儿,至少叫他拿五千两银子,还必须是现钱,否则免谈。代理虽然只是两三个月的事儿,但是现在离来钱的时候也不远了，我给你算算啊：新官到任要收礼；马上要运漕粮了吧，收钱是一定的，而且还不少；自己再想办法给老母或夫人办个寿，底下人再给他办个寿；过了年还要再收一份年礼。这些加在一起至少能弄万把两银子。现在叫他拿出一半，过分吗？多吗？况且这万把两银子都是别人瞧得见的，若是手段高明些，私下里弄多少谁知道呢？兄弟啊，看来官场上的东西你还是不行啊！"三大人听他哥这么一说，真是如同拨开云雾见青天，豁然开朗，茅塞顿开，用满是崇拜的眼神看着他哥藩台大人，说道："哥哥真是言之有理！既然这样，我这就去找钱庄里的那个朋友，叫他今天就拍个电报过去，说五千两银子一个都不能少。是不是叫他当天电复？有个这么好的职位在这里，还怕鱼儿不上钩。况且省城里的候补知府不知道有多少呢！"藩台道："是呀。你立刻去找那个朋友，告诉他如果想要就立即回信。他不要，咱们还有别人呢，咱们可不是非他不卖！"何藩台绰号叫"荷包"，这位三大人也有一个绰号，叫作"三荷包"。据说，他这个荷包是无底的，有多少，装多少，而且让人难以置信的是还不会漏掉，真真正正是个好东西。

这三荷包从他哥那里出来，也没有坐轿，叫了跟班的，打着灯笼，一路走到了先前说的那家钱庄，找到那里的倪二先生——就是拿着电报来找他商量的那个朋友。这倪二先生，有名的老好人，人人都叫他"泥菩萨"。他这个人专门替人家拉皮条、拍马屁。何藩台在盐道任上时，三荷包做账房先生，一直同他来往不断，关系密切得很。等到三荷包的哥哥代理了藩台，买卖好，进出多，泥菩萨来得更勤了，三天两头来一趟,藩台衙门上上下下,以及把门的三小子,没一个不认得泥菩萨的;就是衙门里的狗,都以为他是这衙门口里的人了,别说不会咬他了,时不时地还向他摇摇尾巴。三荷包进了他的店,忙不迭地喊"泥菩萨"。这泥菩萨听见,料想定是早上那件事情有了回信儿了,赶紧出来接了进去。见面之后,泥菩萨直截了当地问道:"那事儿怎么样了,三大人?"三荷包道:"你这个倪二先生,人人都叫你'菩萨',我看你比强盗还强盗啊。咱们这样的关系,你怎么就好意思给我当上?"倪二先生愣了一下,连忙说道:"这话打哪儿说起啊,我怎么敢给三大人当上?难道是不想混了吗?"三荷包笑道:"玩笑!玩笑!怎么急成这样?"倪二先生苦笑道:"我的三大人啊!您可不知道,我是泥做的,禁不起吓啊,一吓就要吓化了的。"说到这里,两个人又哈哈地大笑。笑过之后,三荷包便原原本本、一五一十地把他哥的话告诉了倪二先生。倪二先生道:"三大人!我说句不知轻重的话,您千万别见怪。现在的情形您兄弟二人应该很清楚啊,对藩台大人和您三大人来说,现在是能捞一个捞一个啊,那人肯出两千,依我看,也就差不多了,如果再要他多拿,估计也多不到哪里去了,没准儿把事情弄僵。三大人,我看您还是回去劝劝藩台大人,就便宜他这一回吧,有我在中间担着,将来肯定让他给补上。"三荷包道:"我也是这样说的啊。没办法我大哥一定要自己拍个价,我能有什么辙啊?"倪二先生道:"事情已经这样了,不加一些银子肯定是办不成的了。这里头有点儿回扣,只好现在我白忙活一场,算我孝敬藩台大人,就把这四百两也给了藩台大人,这总该差不多了吧。"三荷包道:"他的倒是有了,你的不要了，我呢？我也是就这么凑了一场热闹吗？就是你泥菩萨，也没有那白干活儿不吃饭的理啊！"倪二先生道："其实两千两银子之外，我早替三大人您打算好了，还用您吩咐吗？这一点我还是明白的。"三荷包一听这话，顿时眼睛一亮，忙把身子往前凑了凑，低声问道："多少啊？"倪二先生道："加二。"三荷包道："泥菩萨，我一天的花销有多大，这你不该不知道啊，就这么点儿，你开玩笑呢吧！我大哥那里，两千答应下来答应不下来，还两说着呢，反正就让我一个人去顶着，怎么着也得叫他代理了这个职位。但是咱俩，总得叫他好看些啊。"倪二先生道："我的那份就再说吧，那现在可就差您三大人的了。再多要实在是过不去，要是稍稍地弄一些吧，我就替他做主，这也许还可以。我的意思是：二成不是四百两吗，此外，再加一百两，一共五百两。如果是别人，这是合伙的买卖，咱们就得二一添作五地分了，但是现在是您三大人，这事儿看我们兄弟份儿上，你就可尽着使吧。"三荷包道："这次不算，看你的面子就这样吧，以后可一定要多照顾些才是啊。"倪二先生道："一定！一定！您三大人看得起，和我倪二做朋友，我倪二真心愿为藩台大人和三大人效犬马之劳，我的心，三大人您也应该明白！"三荷包道："话都说到这份儿上了，你今晚就回复他一个电报，叫他预备上任，藩台大人这面有我呢。"泥菩萨满心欢喜地应承着，又奉承了几句好话。三荷包这才回去。后来这个官虽然卖了出去，但兄弟俩还是吵了一架。可是毕竟官还得卖，生意还得做，而且简直是越做越好。

第四回

何藩台骨肉兄弟动干戈

话说三荷包回到府衙，他哥连忙问道："那事儿怎么样了?"三荷包道："别提了，这事儿现在不太好弄啊，大哥! 你另外再任命别人吧，这事儿估计要砸。"藩台大人一听这话，就像一盆冷水突然从头顶心浇了下来，一下就愣住了，过了半晌才又问道："到底是谁把这事儿闹腾坏的? 我要价，他当然可以还价，他还了价，我不同意，他再不买也还像句话。哪里能他说两千就两千，他以为他是谁啊? 这哪有做生意的诚意! 不如这个藩台让给他做吧，啥事儿也不必来找我了! 你们兄弟几个，都是我花钱给你们说媳妇，花钱给你们买官儿。老三，不是我这当大哥的说话难听，咱们如今的生意也是为了大家，你做兄弟的出点力也不过分吧，是给我办事，但说白了还不是也给你自己办事啊? 怎么叫你办这么点儿事儿也办不成呢? 还有那姓倪的，我们这府里多少银子在他那里出出进进，要过他大利钱吗? 他不知道从中赚了多少呢? 为这一件小事儿他就拿一把，我看呢，他也是吃里扒外的混账东西!"三荷包刚一进来的时候，打算先说这事儿难办成了，估计他哥就会主动降价，这事儿成的希望就很大了。开始听到他哥说什么要价还价的话，三荷包心里是暗自高兴，心想这样下来自己里里外外不知道要赚多少呢。听到后来他哥埋怨他的话，简直是越听越听不下去了。

三荷包在他大哥面前一直都是规规矩矩的。如今受他大哥这一番数落，以为大哥看出了自己私下和泥菩萨的交易，内心多年的憋屈终于一下子爆发出来，对着他哥发火道："大哥，既然你这么说，咱们兄弟的账，也该算一算了。"何藩台道："你说什么？"三荷包道："算账！"何藩台道："算什么账？"三荷包道："分家账！"何藩台听了，冷笑了两声，道："老三，还有你二哥、四弟，你们弟兄三个，哪一个不是我把你们拉扯大的？还要同我算账！真是岂有此理！"三荷包道："别以为我不知道，老爹去世后，总共剩下来差不多十多万银子。起初你捐知县，一下子就捐了一万多，这知县怎么着也是一个实缺吧。没到三年，老太太去世，你又从家里拿出去两万多两，说是弥补亏空，你自己名下的银子，早已用过头了。从此以后，坐吃山空，你的人口多，花销大，等到服丧期满，又欠了人家一万多两。莫名其妙的是知县突然不做了，说什么想要高升，要花银子买什么知府！最后挖门子找关系又是两万多。到了省里之后，三年的厘局总办下来，别人吧总能够剩几个子儿，可你倒好，这官儿做得是叫苦连天，也不知道你是真穷还是装穷。接下来候补知府做了一段时间，腻了，花八千两银子买个引见，又花三万两买盐道，这钱不是我们三个花的还是谁花的？是！你替我们成亲、替我们买官，我们用的只不过是点儿小钱儿，大头儿我们拿过吗？现在我们用的是自己的钱,还非得听你在这里卖好吗?你可以不管我们,但是要还我们的钱!有钱了,啥事儿办不了啊?美女高官,还不是要啥来啥?也不用你施舍给我们了!"何藩台听了三荷包的这些话,气得脸青一阵儿、白一阵儿,坐在那里一声不吭。

三荷包见他哥不言语,越发地来劲儿了,背着手,仰着头,在地下踱来踱去,一边走,一边说:"现在别说什么家务,就是我三荷包替你办的事情,咱算一算:玉山的王梦梅一万二;萍乡的周小辫子八千;新昌胡子根六千;上饶莫桂英五千五;吉水陆子龄五千;庐陵黄沾甫六千四;新奋赵苓州四千五;新建王尔梅三千五;南昌蒋大化三千;铅山孔庆辂、武陵卢子庭,那是两千。还有些一千、八百的,一时也记不太清,大概至少也要有二三十笔的样子。这些我可是笔笔都有账的。这些钱,不是我三荷包替你办,你去哪里弄啊?平时老是拣好听的说,说是同我二八、三七分,收进来的银子可是不老少,啥时看见我手里落过半分?现在还要数落我,我们干脆好好地算算,算不清楚,就到南昌县里,叫蒋大化替我们算,姓蒋的不行,就再找别人,非把事情弄清楚不可。省得我整天受你的气,谁也不是好欺侮的!"三荷包唾沫横飞,摇头晃脑,越说越得意。藩台大人气得只是在那里吹胡子瞪眼睛,身体还不停地哆嗦着,好半天,才气喘吁吁地说道:"我这官儿还做它干吗?我辛辛苦苦又是为了谁啊?干脆大家一起受穷吧!连自己兄弟都不拿我当人看,我在这世上还有什么劲!还不如出家当和尚去,落得个清清静静,我这是图个啊啊?"三荷包竟然笑道:"你辛辛苦苦到底为谁,你自己最清楚不过了,你爱做官不做官,和我们有啥关系,反正你那官也不是给我们做的!"

何藩台听了这话,越想越来气。本来躺在床上抽大烟,现在也没心思抽了,站起身,把烟枪一扔,哗啦一声,桌子上的茶碗被打碎了,茶水把褥子弄湿了一大块。三荷包见这架势,还以为他哥要打他,反应那叫一个快,马褂一脱,袖子一挽,一个饿虎扑食朝他哥藩台大人的怀里扑过来。何藩台本想扔了烟枪后,奔出去找师爷,让他替自己去抚台那里请个病假。没想到这老三竟然撒起泼来,扑了过来,嘴里还嚷道:"你打死我吧!"他兄弟二人拌嘴的时候,一众家人都在外屋,谁也不吱声儿。等到后来闹大了,几个年纪大些的进来劝老爷放手,一个从身后抱住三老爷,想把他拖走,谁知道这三老爷还真有点儿蛮劲儿,拖也拖不开。外面几个跟班的怎么敢进来劝,反应快的就立即跑到后院告诉太太,说老爷和三老爷打起来了。太太听了,简直不敢相信自己的耳朵,裙子顾不上穿,也不要老妈子搀着了,一个人就往花厅奔去。到那儿一看,这哥儿俩还在那儿揪着呢。太太急得没法,使出吃奶的劲儿,想把他们两个拉开,哪能拉得动啊! 一个说:"你打死我!"一个说:"一起死了倒干净!"太太急得直抹眼泪说:"你们这是要干啥啊!"嘴上说着,可心里怎么着也是向着自己的丈夫,使劲儿把藩台大人往旁边拽。何藩台一见太太,心早已软了,赶紧松开手,一屁股坐在旁边一张椅子上。

三荷包却没想到他哥突然松手,还一个劲儿地往前顶呢。

荷包兄弟打架

他哥一坐下，他整个人正好全撞在他嫂子肚子上。他嫂子一个女人家，又加上已经有了三个月的身孕，哪有什么力气，被她三小叔子一撞，只听得"哎哟"一声，接着就见太太跌倒在地上。三荷包收不住也倒了下去，偏偏又磕在太太身上。何藩台看了，真是又气又急，心里直骂这个不明事理的三混蛋，也更关心倒在地上的太太。这个填房太太是去年才娶的，如今才有了喜，要是被撞流产了，那可如何是好！藩台大人当时也就顾不得别的了，急忙过来用手去拉他太太，谁知却拉不起来。只见太太坐在地上，低着头，闭着眼，皱着眉头，那头上的汗珠子比黄豆还大，一颗一颗直往下掉。何藩台见太太这样，吓得脸都变了颜色，怒道："真不知道我上一辈子造了什么孽，和你个孽障做兄弟！"三荷包见状，哪里还敢再算什么账，赶紧脚底抹油溜了。

太太刚出来的时候，有个仆人跑到外面嚷道："老爷和三老爷打架，你们几位师爷不去劝劝啊？"一下子，各位师爷都知道了信儿，还有官亲大舅太爷、二舅老爷、姑老爷、外孙少爷、本家叔太爷、二老爷、侄少爷等众人都过来劝架。但听说太太在里头，于是大家都止住了脚，也不好进去，一齐站在外面仔细听着。后来听见三老爷撞倒了太太，就知道这事儿是越闹越大了。不一会儿看见三老爷掀帘子出来，众人忙问他是怎么回事儿。这三荷包见几个长辈在跟前，倒明白过来些，没说自己的不是，也没说他哥的不是，叹了一口气道："我们兄弟之间的事儿，说来话长。我早就受够这窝囊气了，还有什么可说的！"说着便一溜烟跑出去了。众人听的是不明不白，摸不着头脑。后来还是问的跟班的下人，才弄清是咋回事儿。

这些人还要再问点儿别的，只听得里面太太痛得喊个不停。大家都知道这太太已经怀孕三个多月了，藩台大人正等着抱儿子呢！这要是小产了事情可就大了。几个人正在那里议论，又听到何藩台一迭连声地叫人去喊接生婆，又在那里骂上房里的老妈子这个时候都死哪儿去了。众人连忙分头去叫，一会儿的工夫，姨太太、小姐带了几个老妈子，就都赶了过来。众位师爷等人不好见面，都避了出去。何藩台把这些人都骂了一顿，也没人敢作声。这些人七手八脚地把太太扶到床上躺下，太太仍旧是不说话，吓得众人不知道怎么办好。

何藩台这才叫人请官医张聋子张老爷前来看脉。张聋子不一会儿就赶到府衙门前。通报过后，跟着下人走到宅门号房，接着有个拿着帖子的二爷领他进去，这二爷把张聋子领到上房。何藩台才从房里迎了出来，连忙说道："劳驾张大人了！"张聋子请了一个安说："太太身体欠安，卑职应该早就来伺候。"何藩台让了座，把事情的来龙去脉仔细地说了一遍。不大工夫，老妈子出来相请。何藩台陪着张聋子一起走进房间，帐子放着，太太躺在床上，张聋子只说了句："请太太的安！"帐子里面的太太也没作声，倒是藩台大人同他客气了一句。接着，张聋子便给太太号脉，先是右手，然后是左手，脉就号了大半个钟头，看来号得不是一般的认真。脉号过了，又请示藩台大人看了看太太的舌苔，看过后说道："受了风可不是闹着玩的!"说完这句话,就由何藩台陪着到外屋开药方子。张聋子说:"太太的病是怒气伤肝,又受了一点儿外力,稍微动了胎气,不过没什么大事儿。"于是开了一张方子,开过后双手递给何藩台,嘴里谦恭地说道:"卑职才疏学浅,还请大人指教!"何藩台接过,看了一遍,连说:"高明得很啊!"看见方子后面另外写着一行小字"委办官医局提调江西试用通判张聪谨拟"十七个字。何藩台看过笑了笑,就交给跟班的赶紧去抓药。张聋子也趁机起身告辞。药抓回来,煎好,太太喝了下去,果然是药到病除,何藩台这才放了心。

太太身体虽然没什么大事儿,但这个三荷包始终不肯向他大哥说软话,事情也就一直这么僵着。到了第二天,何藩台和自己的上司请了两天假,推说是自己感冒了,其实是在家里生闷气。三荷包越是不搭理他,他越是来气,虚张声势地请师爷给上司写信说自己身体不好要离职。在家里故意说:"我这官儿啊,是怎么着也不能当了! 辛苦了这么多年,连个奴才都不如,有啥劲啊?"师爷倒是乖巧,迟迟不肯动笔。这藩台大人又是作揖,又是打恭地求师爷快写。师爷急得没办法,藩台大人这样他消受不起啊! 只得和签押房的二爷商量,然后把府里差不多的人都叫来商量办法,终究姜还是老的辣,一个舅太爷、一个叔太爷,两个老人家都说:"这事情原本是老三不对,应该把他叫来给藩台大人赔个礼,认个错,这事儿才能完事。"何藩台道:"不要叫他,他来还不把我折磨死!"舅太爷道:"我们的话,难道他还敢不听吗?"便和叔太爷两个人一起去找三荷包。

　　三荷包在府衙里是管财务的,虽说是他舅舅、他叔叔,但这二人深知自己平时仰仗这个外甥三荷包的地方多着呢。刚才舅太爷虽然当着何藩台面语气很横,其实两个人到了账房里,一见三荷包,又像往常一样笑逐颜开,低声下气起来。舅太爷拉长了嗓子,温柔地喊了一声"老外甥",真是充满了柔情蜜意,比三荷包的老娘活着时叫"老儿子"似乎还要亲切。别的话还没出口,三荷包就已经看出这两个人的来意,说道:"不是说要告病回家养老吗?他拿这个吓唬我,以为我会怕他,真是笑话。等他不做官回家了,我再继续和他算账。"舅太爷道:"老外甥,话别这么说啊,你们怎么着也是亲兄弟。你做弟弟的在这事儿上得让着他些,这些年,你辛辛苦苦管了这个账,里里外外替他张罗,他还能不知道你的好啊,他又不是傻子。可能是因为这藩台做不长久,所以心里总是很郁闷,这也是人之常情啊。你可别和他一般见识啊。"三荷包道:"我哪里顶撞他了,如果是我先顶撞了他,要杀要剐,随他的便。"舅太爷道:"我哪里敢派老外甥的不是呢,毕竟他是你老大哥,看兄弟情分上,你多少去表示一下你的歉意,不就完事儿了,皆大欢喜岂不是好?我是豁出去我这张老脸,来替你兄弟二人打个圆场,老外甥你可别见怪啊!"叔太爷时不时在旁边溜溜缝儿,他叔叔连什么"老侄子"也不叫,竟然一口一个"三老爷"地劝着。

　　三荷包其实也不傻,明白这事最后怎么也得和解了,真弄僵了,他兄弟二人谁也捞不着好处,只是白白地便宜了别人。心里打定了主意,便对他舅舅、叔叔说道:"为啥事儿打架想必你们二人也不是很清楚，就和你们实话实说了吧。"便把卖官一事，从头到尾说了一遍。两人不住点头。三荷包道："只要他答应了两千两把九江府让人家暂时地代理两天，我就去向他认个错。要是他还摆他的臭架子，我也不管那么多了，要他马上把我应得的给我，我立刻卷铺盖走人。以后我们的关系就一刀两断！"舅太爷道："老外甥，你这说的是什么话啊！这事儿就包在你舅身上了，你说两千就是两千，我去和他说，他还敢不同意啊？"说着，便同叔太爷一边一个，拉着三荷包来见藩台大人。

要到门口的时候，三荷包还故意地挣扎了两下。下人看见三老爷来了，连忙拉起门帘子。这舅太爷、叔太爷，一个在前，一个在后，把个三荷包夹在中间，就像押着犯人一样。三荷包刚进屋，众人都站起来和他打招呼，只有他哥藩台大人直挺挺地坐在椅子上。三荷包见了，心里暗自说了句："你就装吧！"这舅太爷还真是办事儿的人，拉着三荷包的手，凑到何藩台面前说："自家兄弟还能有什么深仇大恨啊，叫别人替你们担心！我可是从昨天到现在，基本上是没吃什么东西啊！老三，你是当弟弟的，叫一声大哥。弟兄俩和和气气的，这事不就完了吗？"三荷包此时虽然满肚子的不愿意，不过也是没法儿，只好板着脸，低着头，勉强地叫了声"大哥"。何藩台这里还没应承呢，这舅太爷就张开上面长了两撇嫩黄胡子的嘴，哈哈大笑道："好了！好了！我可以照旧地喝酒吃肉了！"何藩台本打算当着众人的面再教训三荷包一下，好给自己挽回些颜面，忽然下人来禀告说："新任玉山县王梦梅王老爷拜见。"这个人花了一万二千两银子买了个知县，这事儿还是三荷包操办的。想到这里，何藩台不知不觉面色就舒缓了些，一边换了衣服，一边对三荷包说道："我去见见，你在这里陪陪各位吧。"三荷包见藩台大人和自己说了话，毕竟是自家兄弟，以后的生意还要做，心里也就没那么多的不畅快了。这兄弟吵架的事儿才算告一段落。

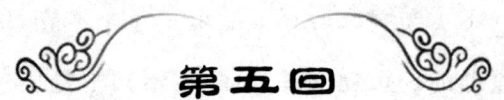

第五回
王县令贪赃主仆同作恶

　　玉山县王梦梅，此人特精为官之道。上半年当过几个月厘局(一种收取商品流通税的机关)的长官，按说这厘局征收些银子也是应该的，可能是事情做得太过了些，弄得老百姓怨声载道，有不老少的商人来省城告状。王梦梅的上司也是实在没办法，迫于各方压力，只好将他先停了职，然后又派人详查。后来弄清楚了，原来是这个王梦梅的手下肆意妄为导致的。毕竟做官不容易，大家心里都知道其中的酸苦，但是表面上还要有个交代，因此王梦梅的手下被处理了几个，他自己也被记了大过三次，停职一年，总算摆平了这件事。巧的是正赶上荷包大人当了藩台，利用藩台职位的便利条件，大做官家的生意，那何藩台有个兄弟叫三荷包，三荷包深得其兄的信任，据说凡事都是三荷包操办，只要舍得花银子，基本上是有求必应。王梦梅摸清了这条路子，便想方设法地拉关系：先是请三荷包吃了两次花酒，让三荷包玩了个心满意足；三荷包生日那天，王梦梅借机送了三四百两银子的寿礼，还在一个小姐的院子里弄了一台戏，招呼来了不少平常称兄道弟的哥们儿，大家一起给三荷包庆了一天寿。从此，三荷包与王梦梅也成了哥们儿。也是该这个王梦梅时来运转，前任玉山县知县不知道犯了什么事儿被撤了职，这玉山县是江西省相当不错的一个县，想谋得这个职位的人可是相当多，王梦梅找到了三荷包，说甘愿拿出一万买这个职位。三荷包和藩台大人一说，藩台说他是被停职的人，破例任命他，是要顶住来自各方面的压力的，这个数恐怕是不行。好说歹说，又加了两千，藩台大人才同意。王梦梅私下里又给了三荷包两千的银票，三荷包嘴里说道："咱哥们儿之间哪用这个？"手却早已伸了过去。

要说这王梦梅，其实手里也没有多少钱，毕竟他只是办了几个月的厘局，本想多收些银子的，可是没想到半路被免了职。回到省城后，还还账，应酬应酬，再拿些钱去慰劳替他顶罪的手下人的家属，钱不怕赚，就怕花，真是一花就没，本来办厘局就没赚到多少，折腾到现在也就所剩无几了。这次能买得起这个县令，亏得他钱庄上的一个朋友仗义，借给他三千。县令还没当上，他先许下了一个师爷，一个二爷，师爷管账房，二爷管公文往来，条件是这两个事先许下的师爷和二爷两人各拿出三千，这样就弄了九千，剩下的四五千是他自己东拼西凑的，好歹是买下了这个职位。

王梦梅自打买下了玉山县令，就巴不得早点儿上任，现在他可真是山穷水尽，穷得是叮当响。终于盼来了可以上任的消息，这一天，他辞别了上司和同僚，带着老少家眷、办厘局时的手下、听使唤的家丁，一行人浩浩荡荡，直奔玉山县而去。一路无话，要到玉山县的前一天，先发出了新官要来接任的布告，王梦梅想：当下可是收钱粮的时候，时间就是金钱啊！怎么能耽搁？本打算到的那天就接印，哪知到的时候都上灯了，急得他如热锅上的蚂蚁，恨不得立即把官印抢过来，揣在怀中，在住处里是站也不是，坐也不是，一个劲儿地在地上打转。众人都不知道怎么安慰这位即将上任的县令大人，幸亏有个钱庄上的老夫子，有些见识，上来劝说道："今天都这么晚了，就是有人来交钱交粮，那也总要等到明天天亮，黑了天可是不收的，您还是忍耐些，睡个好觉，明天一早儿就去接印。"王梦梅其实心里也知道今天肯定是没戏了，只是不甘心罢了。听了这话，只好吩咐众人都散去，各自回房休息。他自己也回到房里，躺在床上不由自主地琢磨，也想强迫自己睡一会儿，可就是睡不着，脑袋里老是盘算接印后如何弄钱啊粮啊啥的。约莫快天亮的时候，王梦梅叫服侍自己的丫鬟把他收拾妥当了，同时叫人去催手下的师爷、二爷等等都赶紧起来。好不容易该来的人都来齐了，等他坐着轿子领着手下人赶到衙门里，那太阳已经到墙上了。赶紧进行一系列的仪式，把官印接管过来，坐在县令大堂上，看看有人来交钱交粮了，他不由得长舒了口气，嘴角也露出了一丝不易被人察觉的窃笑。

王梦梅的前任是个进士出身，为人忠厚老实，性情温和，就是在审理案子的时候总是弄得不是很明白，又不太会梳理各方面的关系，因此上司在考察他的时候，说他："审案糊涂，难以服民。但是曾经中过进士，文章什么的写得不错，还是重新委派个适合他的官职。"京里的主管官员批准了这上司的评语,发出了电报。省里先得电报,王梦梅花了不少银子弄到了这个职位,接替了进士县令。

且说王梦梅到任之后,别的倒还可以,就是一个师爷,一个二爷,不太好摆弄。起初这两个人不过是有点呼应不灵,王梦梅也是睁只眼闭只眼,毕竟当初这两个人都拿出了不少的银子。到得后来,这两个人似乎把县令这个官当作了他们自己的一样,越发地随意。王梦梅有个侄子,在衙门里帮着管账房,对师爷、二爷这两个人做的事儿很清楚。一天便对他叔叔说:"叔叔大人,自从您接了印,算来也有半个多月了,正好赶上收钱收粮,刚一到任就有钱进来,真的不错。但是现在这师爷和二爷实在是有点儿不像话,不如把他俩的钱还了他们,打发他们走吧,免得弄坏了您的名声,叔叔您说呢?"王梦梅听了,愣了一愣,心想这个侄子还不错啊!过了一会儿,才说道:"没事儿,先由着他们吧,我自有道理。"这侄少爷见他叔这么说,也就不说什么了。原来这王梦梅可不是吃白饭的,他心里的打算一般人怎么能猜到呢!自从接印之后,他便事事故意退让,任凭这两个人胡作非为。心想等到哪天闹出事儿来,别怪我翻脸不认人,叫他们先风光一阵子,到时把他二人好好地收拾收拾,免了他们的职,永绝后患。不只不用还他们以前赞助自己的银子,而且自己还能赢得清官的美名,那可真是一举两得。

回到自己办公的地方,正赶上那个名字叫蒋福的二爷,上来禀告公事。有一桩案子,王梦梅都已经审过定了案的,蒋福私下里拿了原告的银子,打算翻案,这次来就是要王梦梅捉拿被告。王梦梅哪里会答应！这蒋福根本也没把王梦梅这个县令放在眼里，见王梦梅不答应，他自己就叽里咕噜地说了一大堆，最后竟然噘着嘴骂了出去。王梦梅倒很是平静，没瞪眼，没吹胡子，更没和蒋福对骂，而是拿朱笔写了一张告示，贴在二堂（也是知县日常办公的地方，知县一般上午在大堂办公，下午一般就不在大堂，而是在二堂办公，二堂通常在大堂的后面）的门口。其中大概的意思是说："本官一清如水，明镜高悬，如果手下人里有不安本分，打着本官的招牌招摇撞骗，私自勒索别人赚取好处的，一经查实，定要按律从重惩治，决不宽饶。"

这告示贴出后，别人还不怎么在乎。蒋福可是知道这告示就是贴给他看的，闷闷不乐地回到门房，心里开始盘算开了，心道："他出这张告示，做得可是够绝的了。一是可以断了我的财路，二是可以借着这个清正的名声，好来收拾我。哼！想要过河拆桥，我姓蒋的也不是孬包，当初可是百般地求我花银子，百般地许诺到时候大家一起得好处，现在竟然想和我来这一手，想独吞，门儿都没有，大不了鱼死网破！"拿定了主意，第二天等县令大人升过了堂，县令刚进去，众人正要退下的时候，这蒋福把手一摆道："诸位请留步，老爷还有话让我交代呢。"众人听他这么说，赶紧又都站住了。他便拉长了嗓声喊道："老爷吩咐我叫大家回来，不为别的事，大家也知道咱们老爷为官清正廉洁，从来不收礼；而且老爷知道地方上百姓生活苦，今年收成又不怎么好，这第一件事就是要求大家按照规定收钱收粮，绝不允许多收一分一厘。这件事昨天老爷已经讲明白了,等章程定好了就要张贴出来给大家看。这第二件事是咱们这些做下人的,一定要配合老爷的工作,不能私自收钱,给老爷脸上抹黑,咱们的工钱老爷是不会少一分一文的,如果谁在外边私自弄钱,老爷说了,查出来一定从重办理,大家最好都规规矩矩的。"说完这话,蒋福告诉众人散去,他也心满意足地走回自己的屋子里。

这些当差的退了下来,真的是面面相觑,大家都是丈二和尚摸不着头脑,真是想不明白老爷这到底是要干什么,有些人甚至有点儿灰心,不知道跟着这样的老爷会不会有前途。消息在外面是传开了,全县城的人都说:"老爷是个大清官,近期就会有章程出来,严禁多收钱粮,不准官差勒索卡要。"那第二件,百姓还不怎么在意,倒是头一件,让他们实在是高兴,都觉得这可是天大的好事儿,这么多年从来没有过的大好事儿。可是一连三天,也不见那告示贴出来。县衙这头,这三天内的钱粮却是一点儿也没收到。王梦梅还被蒙在鼓里呢,自言自语道:"好端端的,这两天怎么就不见一个人来交钱粮呢?真是怪事儿!"因此就派心腹人外出打听,才弄明白是怎么回事。这可把王梦梅气坏了,真恨不得立即把蒋福打三千大板,方能解他心头之恨。众人急忙劝住,都说:"这事闹出去对老爷的名声不好!"王梦梅道:"不知死活的混账东西,被他这么一弄,我还想收钱吗?"一个叫钱谷的师爷道:"不如把他撵走,他的话还能算数啊,他又不是咱玉山的县令,我就不信那些百姓不来交钱粮。"

王梦梅想想也是,真是险些被气昏了头,吩咐人把自己那个管账房的侄子叫来,让他把蒋福的账结了,立刻叫蒋福卷铺盖滚蛋。他侄子道:"那他以前替您垫付的那三千怎么办呢?"王梦梅道:"等查明白了他没有什么问题再给他。"他侄子道:"叔叔,这样好像不太好啊?"王梦梅道:"怎么你们都看我不拿钱出来,你们心里难受是不?"他侄子碰了这个钉子,哪里还敢多说话,很是无奈地出来同蒋福说了这件事。蒋福道:"我知道从老爷上任的那天起,我就是兔子尾巴长不了,秋后的蚂蚱蹦跶不了几天,想要我走,其实也容易得很,只要县太老爷把那三千还我,我马上走人。还有一件我也应该说说:当初王老爷说过,要和我有福同享,有难同当。现在王老爷是升官发财了,我们这些出了力、赔了钱的,只落得这样一个下场,所谓'飞鸟尽,良弓藏;狡兔死,走狗烹。'说的可是半点儿不假!现在还要请侄少爷你和老爷说说,利钱之外,是不是也应该给我们这些人贴补点儿?这些天来,在几桩案子里也弄了些钱,一些小事情弄个十块二十块的,就不必说了。大些的事情如老孔家争财产继承权,老胡家同老卢家闹退婚,就这两件事,弄的银子那还少啊!老爷当初买官花了多少钱,我们给老爷垫付了多少,他是最清楚不过了,这段时间弄的这些钱,是不是也应该给我们多少也分些?老爷是做大官的,大人有大量,怎么也不会刻薄我们这样的人,求侄少爷和老爷说一声,今晚我再来听消息。"蒋福说完就走了出去。

侄少爷听了蒋福这番话,甭提多犯愁了,心里合计道:"好厉害的蒋福!还真是个难摆弄的主儿!表面上是求老爷可怜,实际上就是在威胁老爷呢!替不替他回话呢?如果替他回,我肯定又要挨叔叔一顿骂;如果不去回话,一会蒋福来,我怎样打发他呢?哎,真愁人!说句良心话,人家那三千两,当初说得好好的,现在竟然想赖着,这么弄到哪里也说不过去啊!还有这蒋福好像也不是省油的灯,能在这地方干事儿,谁也不简单啊!现在我可怎么办呢?还是先去看看婶子,探探她的口气,然后再想办法吧。"拿定了主意,他便乘叔叔不在的时候溜到了婶子的房里,把这事从头到尾地和婶子讲了一遍,最后说:"叔叔大人的意思是那钱现在不能给蒋福。婶子您不知道,蒋福那东西也难缠得很,恐怕他不会善罢甘休啊。婶子您说怎么办好啊?"哪知他这婶子和他那叔叔不愧是夫妻,真正的是夫唱妇随:"这件事,我听你叔叔说了,我觉得你叔叔做得对。你叔叔不收拾他已经够照顾他了,还来这里要这个要那个。你就照你叔叔的意思办吧,不能答应他,如果你答应了他,你叔叔肯定是要怪你的。"侄少爷听了这话,还能再说啥啊,闷闷不乐地回到账房,坐在椅子上发呆。忽然门帘子被掀起,走进一人。原来不是别人,正是那蒋福前来听信儿。侄少爷见是蒋福,连忙让座,又赶紧说道:"你的钱,老爷说了,肯定不会少你的,但是可能要过几天。你不是还要收拾一段日子吗,等你要走的时候,保准还你。"这侄少爷还算是能说会道,没有把他叔叔的话直接说给蒋福,蒋福心里可是明镜儿似的,听了后哼哼冷笑了两声,说:"呵呵!这是什么话!不还钱,就这么想把我打发了,还讲理不?啥也别说了,咱们一起到知府大人那里去评评这个理。"侄少爷连忙劝说："你就放心吧，你这钱肯定是不会少你的。"蒋福道："有本事就让他少！"说完气呼呼地走了。

原来这蒋福在知府大人那里是有人的。蒋福同知府大人的一个负责公文往来的手下是老乡，又是亲家，两人关系处得又很好。蒋福的这个亲家可是知府大人的第一大红人，在知府那儿说话基本上是说一是一，说二是二。蒋福从账房里出来，便直接去找到了他亲家，把这件事情说了。他亲家听了，当场就打了保票，当天就向知府大人递了小话，说这个新来的王县令怎么怎么不好。但这知府，对王梦梅先前的印象还不错，你想啊，王梦梅那么一个会当官的人，还能不先把自己的上司弄明白了啊？知府说："这事情闹了出来，大家都不好啊。"便派手下一个得力的人和王梦梅私下谈谈。这人见到王梦梅便把蒋福要告他的话说了一遍。王梦梅听了这话，脸上一红，便将蒋福如何可恶，也说了一遍，又说："现在已经三天没人来交钱粮了！兄弟是有钱，但也要叫他难过两天再给他，要不然兄弟心里实在是来气。蒋福还说要告我，到底是怎么回事儿，想必知府大人知道，全城百姓也都知道。"这人道："他的那些废话，谁有工夫去听，只要王大人早把钱给他，叫他早点儿滚蛋，大家从此以后耳根清净。"王梦梅脸又一红，说："这蒋福本来是一个朋友介绍来的，说他如何如何可靠。来了不到三天，就拿来三千两，叫兄弟替他放出去。兄弟就是再没钱，也不至于用他的啊。"这人道："那倒是。"王梦梅道："我想他不过是图几个利钱，所以替他放了出去。"这人道："不管怎么着，钱还是还了他吧，免得他和咱们啰唆。"王梦梅愣了一会儿道:"既然这样,明天兄弟便把那三千两拿来,放在您这儿。兄弟那里,还是要查查,如果他真没什么毛病,也就给他,让他滚蛋。"当下二人谈妥,王梦梅辞去。第二天,王梦梅果然到知府那里送了一张三千两的支票。这件事说来,好在知府大人从中调解,蒋福也不好再多要,王梦梅也没有出什么丑。到了年底,倒是知府大人的那个得力手下向王梦梅要五百两银子过年,虽然王梦梅只给了二百两,但这人总算没白办一回事儿,也算是皆大欢喜。

第六回
急张罗州官忙把巡抚接

　　三荷包虽然和他大哥因卖官的事儿发生过点儿不愉快，但自从哥儿俩讲和后，生意是照做不误，而且做得很不错，看来"和气生财"这四个字讲得还是蛮有道理的。但三荷包心里明白，给他大哥跑腿，毕竟不如自己做官。这三荷包头脑有，胆量也是有的，每一桩买卖，他都弄一些，前前后后经手的多了，少说也弄了万把两银子。那一年正赶上山西又是旱灾又是水灾，朝廷下了旨意，谁肯拿钱救济灾区，有官的加官，没官的封官。三荷包看准了这是一个好机会，一开始到处撺掇人，让别人去买官，他自己做中间人，这样赚了不少钱。这三荷包身上原本有一个州同（清代知州的辅助官员）的官，从这次山西闹灾赚的银子里拿出一部分，他把自己由州同变成了知州，又使了些手段，让吏部（主管官吏升降考核的部门）来选拔自己。人运气好的时候真是没办法，吏部抽签，三荷包竟然被抽中了第一位。得知这个消息，三荷包立即来到京城，等待任命，可这一等就是一个月啊。好在第二个月，山东莒州知州这个职位空了出来，因为他是吏部抽签第一，因此他便被任命了这个莒州的知州。不过这职位不太好,这三荷包便拿出荷包里的钱展开了外交攻势,怎么着也是人托人的事儿,花了两千两,终于和一位军机处(清朝中期以后辅助皇帝处理政务的机构)的大人拉上了关系,做了那位大人的学生。这天,三荷包揣好了银票,去拜见军机大人,也不知道等了多久,军机大人才派下人招呼他进去。三荷包进去恭恭敬敬地磕了三个头,大人象征性地还了半个揖,说道:"坐吧,什么时候来的啊?什么时候走啊?"三荷包一一回答了。就说了这两句话,那军机大人就把小茶碗一端,叫手下人送客了。三荷包心里这个憋屈啊,这大人怎么不给我机会啊,这银票可是还在我怀里揣着呢!刚一到的时候递上去就好了。三荷包这个后悔,可也是没办法了!只好闷闷不乐地退了下来,回到住处。第二天军机大人派人送来一封信,让三荷包捎给山东巡抚(是清代山东省的最高长官,相当于今天的省长)。三荷包收了下来,又送给送信人八两银子,这人才欢喜地离去。三荷包晚上没事,把那封信偷偷拆开一看,只见那信就一张纸,上面有八行字,三荷包还好奇地数了数,看到只有二十几个字,三荷包笑了笑。这三荷包也是在官场摸爬滚打了很多年,知道大人先生们八行字的信也就这样,所以也不感到奇怪,把信弄好放到了怀里。

过了两天,京城里该办的事儿都办完了,三荷包便出了京城,往山东来,一路无话,到了济南省城,把军机大人的信送了进去。第二天山东巡抚就召见了他,说:"莒州那个职位确实不好,我已经同藩台打过招呼了,正好昨天胶州知州那个职位空出来了,就委屈你先到那儿吧,以后有了什么更好的职位,我一定给你换。"三荷包先谢了巡抚大人的美意,接着说:"您看我也是没什么文化,如今胶州地面上还有了外国人,事情肯定是不太好办,大人您可要常常教训我啊。"巡抚道:"嗯,没事儿,眼下我就要在全省都巡视一番,估计用不上一个月,就能到你们胶州。那时候有什么事,咱们再详谈。你老兄还是抓紧去上任吧。"三荷包连答应了几声"是",退了下去。还没到傍晚,任命三荷包为胶州知州的告示就贴了出来,三荷包高兴得不得了。第二天一大早,就开始忙着到上司那里去表示感谢,接着又是请客,临走前一天又去各处辞行,这些天下来三荷包的银子又花了不少,但不管怎样,用三荷包自己的话说,"终于可以为官一方了"。三荷包前往胶州,巡抚大人也开始了各处的巡视。

　　三荷包到了胶州,先是忙着给孔庙、关帝庙等庙上了香,保佑自己官运亨通、财源广进。接着就是进行接官印、查点官员、清点官家库房、与前任办理交接手续等一系列的活动,这些事儿整整忙了二十多天。刚打算清静几天,好好地歇歇,也体验体验做这知州的好处,哪知道上边传下信儿来,巡抚大人这几天就要到了,让他抓紧准备迎接。这是他第一次做官,一切东西都要重新弄,现在偏又遇到这么一件大事,就是有钱,可是时间不等人啊。在省城临行前,什么洋货店、绸缎店,一来因为他是现任大老爷,一来是因为他大哥荷包大人的关系,都给他面子,赊给他好几千两银子的东西。但是现在是在胶州,立即就要操办这么一件重要的事儿,还要办得妥妥帖帖,这可让三荷包犯了难。他知道这是关系到他自己前途的一件大事，万万不能大意，得到信儿后他赶紧去找衙门里的师爷等人商量。

其中有一个专门负责书信起草的师爷，叫作丁自建的，中过举人，精通八股文，诗词歌赋，没有不会的，又擅长绘画，字也写得棒极了，真正是个全才。这丁自建曾是山东巡抚很得意的学生，现在因为在家里守孝，没有什么事做，就找到自己的老师，因此巡抚大人就把他介绍给了三荷包，当了一名师爷，专门负责书信起草。这天见东家三荷包大人为迎接巡抚的事，愁成这样，问众人，众人也不言语，他便赶紧说道："大人现在这事儿，小人倒是有一个办法。"三荷包忙问："快说！是什么办法？"丁自建道："我这老师巡抚大人有点儿特殊的脾气。从前他做道台（清代的省级官员，具体是管理军队，维持地方治安，监督府州县）的时候，小人曾有幸在他府衙内住过几天。老师有个专门的小厨房，饮食极其讲究，外人很少知道。有客人来，看到的经常不过是四盆两碗，还要故意弄些豆腐、青菜什么的在里头。小人也见过巡抚大人的夫人，每次见几乎都是珠光宝气，穿金戴银，真正的是个官太太。然而我这位老师，不分冬夏，就是一件灰布袍子，一件青色的外褂，还要故意弄上去几个补丁。一顶帽子，也不知从哪个旧货摊上搞来的。不知情的人看了，都说这大人真是清廉得很。您说有意思不？其实谁孝敬他老人家，他一定是放在心上的。不过你不去送，他绝不会主动开口朝你要，这就是巡抚大人的好处。现在迎接巡抚大人的事儿，弄得风风光光当然是好；如果不能，依小人看，不如私下实惠地给巡抚大人些好处,反正都是花钱,我们省事儿,巡抚大人得了实惠,外面名声又好听,这样的事儿何乐而不为呢?"

三荷包道:"话虽是这么说,可这毕竟是迎接巡抚大人,面子上总要过得去啊。"丁自建道:"这个容易,现在已经是五月了,今年又比往年热得早,巡抚大人来时住的地方要是弄得太华丽了,大热天的瞧着肯定叫人心烦,还不如搞得简单些,巡抚大人看着清淡,心里一定会舒服。最好是整几个外国房间,弄点毯子、帐子,再弄几百盆花,在屋里、院子里都摆满了。这一路来,巡抚大人一定是大鱼大肉什么的吃了不老少,咱们给他来点儿清淡的,弄个西餐。而且布置这些房间,要是外国人想来拜见大人,也就方便了。"

三荷包听了他这话,觉得相当有道理。忙又问道:"要弄这些东西,咱们一下子到哪里去整呢?"丁自建道:"这个也容易,小人有个朋友,和一个德国人关系很不错,就叫我这个朋友去借。什么吃西餐的刀叉杯盘,桌子上的各种摆设,还有做西餐的厨师,统统借来。凡是需要的东西,只要不够,就叫他去借。"三荷包道:"把人家厨师都借来,人家不吃饭了吗?"丁自建道:"这几天就叫那德国人家里也别起火了,我们这里做好,再叫人给他送去。他省了钱,还能不愿意啊?"三荷包道:"嗯,里边的事儿这么安排大致差不多,外面的事儿怎么操作一下呢?"丁自建道:"外头的事儿更好说了。不知道现在知州大人想用哪里的房子给巡抚大人暂住呢?房子定下来,才好布置。"三荷包道:"你们看哪里好?"众人七嘴八舌,有的说借东门外孙家的,有的说借南门里王家的……三荷包听了都不太满意，不是大门太不像样，就是房子太小。后来有人说不如把书院腾出来，路近，房子又宽敞，从大门走进去，一直到上房，笔直一条路，比哪里的都要好。三荷包一听，连忙点头，这样就把巡抚大人来时临时住的地方定下来了。

里外的事情粗略都有了些谱儿，三荷包授权丁师爷帮着账房全权办理这件事，自己负责整体的调度工作。找来各方面的能人，把书院的里里外外布置一新，幸亏是人手多，加班加点地干，足足忙了五六天，总算把一切都弄好了。接着上面又传下来消息，说巡抚大人后天就到。三荷包忙找了胶州军营的营官王必魁一起出境迎接。

这一天消息传来，说巡抚大人已经到了前站，三荷包便和王必魁两个人一起去接。到了那地方后，巡抚大人单独招呼三荷包进去，随便和他说了几句，便把他打发了出来。接着三荷包又分别拜见了和巡抚大人一起来的什么洪大人、文案老爷、巡捕老爷等众多大人、老爷，这些大人、老爷啥的都是巡抚大人的手下。到了晚上，巡抚大人已经睡觉了，巡捕陆老爷安顿好了一切，没什么事儿也退了下来。三荷包在省城的时候，为了接近巡抚大人，早和这个巡捕陆老爷做了兄弟。现在见面，二人是格外地亲切。三荷包说道："兄弟，哥哥是第一次经历这事儿，有什么做不到的地方，你可一定要多多照应啊！"陆巡捕一拍胸脯说："哥哥您放心，都包在兄弟我身上了。大人身边的这些人，知道咱哥俩这关系，相信没有人会故意为难哥哥您的。"三荷包听了这话一个劲儿地表示感激。

三荷包那个负责外面一摊事儿的人，带着胶州本地的厨师，去找巡抚大人带来的厨师，商量这些天大人的伙食怎么安排。那厨师一口价三百吊钱一天，而且只是给大人做两顿饭、弄两顿点心，其他的什么一概不管。双方说了半天，最后终于讲好了是一天一百五十吊钱，一天一结账。巡抚大人带来的厨师说："其实我们大人在吃饭这个问题上最好打发了，你家老爷不用花太多钱，咱们这些伙计也省去了很多麻烦，就是平平常常的四碟两碗，他老人家看着都心疼，觉得太浪费了。就是几样小菜，也不要弄什么特别的，弄点儿什么韭菜炒肉丝、什么炒鸡蛋，保准我们大人吃得心满意足。现在到夏天了，整一盘儿拌黄瓜、一盘儿杂拌，再整一碗鸡蛋汤、一碗豆腐汤，上面稍微点几滴香油，谁不喜欢这个啊？早饭弄两个烧饼、一碗粥，下午饭就弄两个馒头，特容易！"胶州本地的厨师听了这话，心里的一块大石头总算放下了，本还担心自己的厨艺达不到巡抚大人的要求，现在看来自己的水平应付个巡抚啥的还是绰绰有余。他仿佛得了真经，赶紧告辞。三荷包带着自己的一班人马，和巡抚大人接上了头，问明白了需要准备的东西和注意的事项，就赶紧掉转马头回去准备去了。

第二天巡抚大人带着自己的队伍来到了胶州东门外，全城百姓像赶集一样都涌了过去，这样的热闹、这样的场面可是说不上什么时候才能再赶上的。等了没多久，就看见前去迎接的营兵，一个个举着大旗，拿着刀，扛着枪，跑得满头是汗,在前面打头阵。后面才是巡抚大人的大队人马,先是打着各种旗的,佩戴着各式兵器的,高的、矮的、胖的、瘦的,列着整齐的队伍,在人们的眼前一对一对地过。一会儿来了一顶绿呢大轿,缓缓而来。可能是天热的原因吧,轿帘子没有放下去,只见里边的巡抚大人架着一副墨镜,派头十足。没多久,只听见三声炮响,原来是到了巡抚大人的临时住所,两边喇叭吹上了,牛皮大鼓也敲上了,真是震耳欲聋。巡抚大人的轿子,一直被抬到了院子里才落下,大大小小的官员齐刷刷地站在那里,巡抚大人朝着众人稍稍点了点头儿,便被拥进了房间里。这些官员都想进去拜见巡抚大人,但巡抚大人只把三荷包和王必魁两个人叫了进去,也就是问问地方上的公事儿,问了问外国人的情形,又向王必魁交代明天一早儿要看士兵操练。

这巡抚大人一边说着话,一边拿眼睛四下张望,连说:"哎哟!我说何大哥,我从省城出发前就派人给你们捎话儿了,别弄得太浪费了,你们怎么就不听话呢?"原来巡抚大人这工夫待的地方是会客厅,是三荷包吩咐手下按着中国官场体制布置的,而后面住的是按照外国房间的样子布置的,大人还没有看见,所以才会这么说。三荷包答道:"大人,这是会客厅。后面布置了几间外国房间给大人住,为的是夏天住着凉爽,那里面的摆设就简单多了。"这巡抚大人倒是对外国人住的房间很有兴趣,马上对三荷包说:"走,咱们去那儿看看。"三荷包马上陪着巡抚大人来到后院,只见院子里摆着好几百盆的鲜花,争芳斗艳,香气扑鼻。巡抚大人不由得大赞

巡抚大人出巡

了一声"好"。等到了房间里,四下一瞧,不禁说道:"呵呵,果然清爽。"又回头对三荷包说:"这些外国人用的家伙,估计也不能太便宜了吧?"三荷包再傻也不能说是借来的,更何况三荷包这么聪明的一个人。马上说:"回大人,没多少钱。"看到大人高兴,乘机又说道:"卑职知道大人夏天喜欢清爽,所以特意给你准备了西餐。"巡抚大人一听西餐,突然一愣,说道:"西餐也就是牛羊肉啥的,兄弟家里,已经好久不吃那玩意儿了。就弄些家常饭菜最好了,这最合兄弟的胃口。"三荷包道:"外国菜、中国菜都给您预备着,就是外国菜,不要牛羊肉也能做得很不错。"巡抚大人道:"我就吃中国菜吧,把那外国菜留着,过几天外国人如果来了好吃。"三荷包听了这话,立刻给手下人使了个眼色,叫他去招呼后厨,抓紧准备。接着又说了会儿公事,巡抚大人也累了,三荷包忙退了下来。然后三荷包又分别见过了巡抚大人的随从。巡抚大人吃过晚饭,胶州的一些地方官有的要来拜见,都被陆巡捕给挡了回去,说大人路上累了,想早点儿休息,明天再见吧。三荷包也乐得回去休息,毕竟这一次迎接巡抚大人也把他折腾得要死。后来,一切都按照巡捕陆老爷的吩咐去准备,三荷包私下也表示了自己的敬意,弄得这个巡抚大人舒舒服服,心满意足。三荷包的为官之路从此也掀开了新的一页。

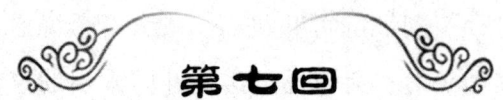

第七回

陶子尧投机成功谋美差

　　山东巡抚在胶州认识了几个外国人,说到怎么才能使国家富强,这几个外国人都说发展商业,所谓无商不富,国家富裕了,才会强大起来。巡抚大人想想确实是这个道理,就认真向外国人请教,怎么才能把商业搞上去。巡抚大人回到省城后,有几个很会把握时机的候补官员,一个个都写了自己对发展商业的见解,然后呈给巡抚大人看。巡抚大人看来对商业还真是上了心,竟然把这些人呈上来的东西挨个儿都看了,其中有些人的见解确实不错,巡抚大人看后不住地点头。在这些人当中有一个叫作陶子尧的,肚子里还有点儿墨水,文章什么的写得也看得过去。

　　陶子尧的姐夫是洋务局的老总,有了这个关系,再加上自己确实有点儿写文章的本事,陶子尧就求他姐夫帮着弄个差事做,因此他姐夫就求了巡抚大人,把他安排在洋务局里当了一名负责文案工作的办事委员。这几天他见姐夫从巡抚大人那儿回来,总是说起巡抚大人近来比较关心商业上的事儿,凡是有关商业发展的建言献策,大人都要亲自看看,有两个候补的官员因为写的有关发展商业的文章很让大人满意,大人一高兴就马上给这两个人安排了好职位。说者无心,听者有意,陶子尧心想:"我在这里当差,每个月只能拿二十四两银子的薪水,就是在这儿干一辈子,估计也不会有什么大出息,现在既然有这么好的机会,我为什么不学学他们,也写些建议呈给大人,没准儿写的东西就很对大人的胃口呢?大人一高兴说不定也任命我个什么好差事呢。就是大人看了不喜欢,我也不损失什么,我还可以继续在这儿当差,试试总比不试要好。"

打定了主意,他便打开了很久没动过的书箱,把去年参加科举考试时买的《商务策》《论时务》等有关商业的书都拿了出来摆在桌子上。先查了半天目录,看有没有用得着的,有用的就抄上几条。巧的是有一篇题目叫《整顿商务策》,他看到了这个题目之后非常高兴,赶紧翻到原文,一看,真是太好了,足足有五千多字,而且其中还有现成的十二条建议。这下可把他高兴坏了。大概地看了看,有懂的,也有不懂的,上面有的地方还有几个外国人的名字,看了也不知这些名字哪儿来的,他心里有点儿犯嘀咕:"如果完全照抄,巡抚大人问起来,单是这几个人的名字我就整不明白,那还不露馅啊。要是把这几个人的名字去掉呢,又显不出我的学问来。这可怎么办呢?"他在那儿琢磨了老半天,终于有了决定,心道:"还是写上好,巡抚大人在这方面估计也是个外行,要不然他也不用别人给提供建议了。他要是问,英国也好,法国也好,随便说一个,我就蒙他,他也未必知道,这事儿谁又会去查呢?"这样一想,就行动上了。陶子尧绝对是个聪明绝顶的人,这种改头换面的功夫对他来说实在是小菜一碟,头尾中间稍微改了几个字,再添上两行自己仿造的话,一会儿的工夫,他就把草稿弄出来了。他马上就拿给他姐夫看,说是自己写的,还说为了写这个,熬了好几个通宵,又谦虚地请他姐夫提出批评。

他姐夫虽说办的是洋差使,但肚里的墨水比陶子尧却少了不少,听到小舅子说给巡抚大人写了建言献策的文章,他便郑重其事地戴上老花镜,先把他小舅子从上到下打量了一番,好像不认识一样,吃惊地说道:"看不出来啊,你还挺有才的啊!不过话说回来,巡抚大人可是个相当精明的人,东西送进去了,他一定会亲自看的。如果你把话说错了,大人一生气,可不是闹着玩儿的啊!所以你的文章里要是没有点儿真东西,还是不冒这个险的好。别搬起石头砸了自己的脚,可不是姐夫我打击你的积极性啊!"他说这话其实不过是看不起他小舅子,心想就你还能写出什么像样的东西!陶子尧听了后说道:"我也不知道好不好,所以先拿草稿来让姐夫您看看,要是您觉得满意,估计巡抚大人那儿也就没什么问题了。"他姐夫表面虽然不搭理他,但陶子尧的话说得他姐夫心里美滋滋的,便拿起草稿看了下去,碰到不认识的字,便对付过去,看的时候,有时点点头,有时还摇摇头。总算看完了(其实文章一大半他都没看明白写的是什么),又拿眼睛看了看他小舅子,不批评两句总是不好的,停了半天,他说:"老弟确实很博学,但大人的意思是要实事求是,你的文章虽然不错,但是空话套话太多,大人看了恐怕未必能满意啊。当然了,你姐夫我写文章的水平肯定是赶不上你,但我在官场上摸爬滚打了这么多年,过的桥也应该不比你走的路少啊。"

陶子尧忙解释说:"这篇文章讲的都是外国的事儿,可不是空话啊。"他姐夫说:"是吗?外国人没到过咱们中国,怎么就会了解咱们的情况呢?"陶子尧说:"并不是说外国人了解咱们中国,咱们只是要借鉴人家的经验,因为那都是人家成功经验的总结。"他姐夫说:"呵呵,我也不想和你争论,也没那个工夫。反正这事儿你一定要考虑好,别太冒失了。巡抚大人那儿的几位老先生我都认识,你改好了之后,我帮你先拿给那几位老先生看看,他们说行,再呈上去,也免得碰钉子,这样不是更好吗?"陶子尧听了,心里很高兴,接过稿子后,假装答应着,然后就回自己的书房了。陶子尧心想:"这事儿和他商量,让他给我递上去,肯定没啥希望,干脆我现在抓紧弄好,明天一早儿自己去送。是好是坏,赌一把吧。"

陶子尧主意打定,就连夜把刚才写的那份草稿改了又改,然后认认真真地重新抄了一份。第二天一早,趁他姐夫到巡抚大人那里还没有回来,他便穿好衣服,拿着文章,一个人来到了巡抚大人的衙门口。这位山东巡抚大人新定了个规矩:凡是献策的人,先在巡捕那里报个名,接着文章马上就会被呈给大人,一点儿也不用等,大人看了如果满意,立刻就会召见献策的人。陶子尧来到后,那巡捕问明了来意,因为巡抚大人有过吩咐,巡捕也不敢怠慢,立刻就把陶子尧让进来,让他先坐下等着,那巡捕就拿着陶子尧的文章进去了。这时巡抚大人正和洋务局总办,也就是陶子尧的姐夫说话呢,看了这篇文章,很是满意,一看竟是洋务局处理文案的委员写的,便对陶子尧的姐夫说:"这陶子尧是你局里的文案委员,他这个文章写得很有道理啊,言而有据,想必你早已经都看过了吧。"他姐夫一听,是他小舅子写的文章,马上就心里一哆嗦,心想这个小舅子怎么这么不听话,竟然瞒着他自己把文章送来了,后来听见巡抚大人夸奖,马上转怒为喜,连忙说:"这陶子尧是我的小舅子,蒙大人提拔,自从今年二月起,就在局里当差,他笔下还过得去。"巡抚说:"不但过得去,而且是相当过得去。他写的文章里有几条很符合当前的形势,很有指导意义啊。"说着,便问巡捕:"这人来了没有?"巡捕道:"在外头等着呢。"巡抚大人马上就吩咐巡捕赶紧让他来见。巡捕去了不大会儿,就见把陶子尧领了进来,给巡抚大人磕过头后,巡抚大人让他坐下。他看见他姐夫也在这儿,脸红了一下,感觉有点儿不好意思。又因为他姐夫是洋务局里的老总,他就非要让他姐夫坐上座,他姐夫那多明白事儿啊,知道巡抚大人现在见的主角是陶子尧,连忙说:"听大人的吩咐,你快坐下吧,大人还要问你话呢。"陶子尧也就不再谦让,赶紧坐下了。巡抚大人表扬了他几句,然后说:"你文章里提到的事情有一大半都可以做,比如榨油、造纸,成本不高,还一定能赚钱,但是这些机器肯定得从国外买,你说的那几样机器,依我看,不如每样先买一个,咱们先试试看。"陶子尧连忙说:"买这些机器可以到上海的瑞记洋行或者信义洋行,这两个洋行卑职都有朋友,而且关系很好,只要托了他们,和外国人订好买机器的合同,一般不到三五个月就能买回来。"巡抚大人说："很好。"后来又随便问了些别的话,陶子尧就跟他姐夫一块儿出来回洋务局里了。

他姐夫见巡抚大人很是看重他,这回也不埋怨他了,还叫他到公馆里一起吃饭。一回到公馆,他姐夫马上就把陶子尧的事儿从头至尾告诉了他姐姐。陶子尧的姐姐听了,自然是高兴,忙跟自己的丈夫说:"你做姐夫的应该在巡抚大人面前给他使使劲儿,最好是把去上海买机器的差使交给他,让他趁这个机会多多少少赚点儿钱。他得了好处,还能忘了你这个当姐夫的啊?"他姐夫说:"我们是姐夫小舅子,关系都摆在那儿呢,这还用你交代吗?我肯定会在巡抚大人面前用心的,老婆你就放心吧。"于是就吃饭,陶子尧和他姐夫还喝了两盅,吃过饭后,陶子尧就回洋务局了。

第二天他姐夫上巡抚大人那儿,巡抚大人便把要派陶子尧到上海买机器的事儿讲了,他姐夫也很是高兴,连忙又替他小舅子狠狠地吹了一番,说了不少的好话。等回到洋务局,那买机器的批文已经下来了,批文的大意是先在善后局支取两万两银子,如果不够,等到谈妥了价钱,打个报告马上上面就再给拨款。陶子尧和他姐夫两个人接到了这个批文,自然很高兴。当天他姐夫就让他搬到公馆里住,说:"没几天你就要走了,出那么远的门儿,这几天咱们住在一起,你和你姐还有你姐夫我,咱们三个人好好地聚聚,你住在这儿,有什么事情我和你姐也好帮着处理。"陶子尧当然也很愿意和姐姐、姐夫住在一起。搬到他姐夫家的第二天,陶子尧到巡抚大人那里致谢后,回来就开始收拾行装,又到自己朋友、同事那儿去辞行,接着众人就忙着准备酒席给他饯行。

且说这天给他饯行的是洋务局里的几个同事,众人知道他这次到上海办差事,一定会名利双收,因此大家就在趵突泉备了一桌酒席给他送行。定好的时间是中午十二点钟,谁知左等不来,右等不来,一直等到日落西山,大概是五点多钟,大家的耐心正要被耗尽的时候,才见这个陶子尧坐着姐夫公馆里四人抬的轿子,醉醺醺地来了。大家赶忙让座献茶。陶子尧先开口说:"今天中午正赶上我姐夫家里请客,请了好几位大人,非得拉着我陪人家,一直喝到现在才散,我都喝得有点儿多了,所以这么晚才来,让兄弟们久等了! 实在是该死。"众人忙说:"没事儿,没事儿,咱们一起吃晚饭就更好了,晚上时间长,喝酒还能喝得痛快。"

不一会儿,酒席摆上了,陶子尧是今天的主角,因此就坐在了中间,其他人依次地坐下了。菜上了一半,众人的酒已经喝过三巡了,这些同事都要给他敬酒,说他"机器买回来后,一定会大有作为,一定会被委以重任,将来发达了有机会一定要提拔咱们这些兄弟,千万可不能忘了咱们这些兄弟"。陶子尧听了,满脸得意之色,可能也是酒喝得确实到位了,就说上大话了:"兄弟们还用和我说这些吗,包在兄弟身上了。不是兄弟我夸口,在咱山东省讨论洋务,除了巡抚大人,好像就没有第二个人可以和我谈得来的。"对面一个同事说:"咱们洋务局的老总算得上挺懂行的了。"陶子尧鼻子里哼了一声说:"谈何容易啊,讲到'懂行'两个字,我姐夫这几年在洋务局,他就知道说'外国人'三个字,你问他是哪个国家的外国人,他要是能说出来才怪呢！兄弟虽然没有和外国人打过什么交道，但是眼前几个外国的国名还是张嘴就来的。"大家都说："将来您从上海回来，现在老总的洋务局总办的职位，恐怕就要让给老哥您了。"陶子尧笑了笑，说："呵呵！这话可不应该随便说啊，还是等着看吧。"这顿饭，众人一直喝到很晚才散。

　　第二天一早，陶子尧也起得很早，虽然昨晚喝酒喝到很晚，但毕竟今天就要出发去上海了。起来后，就见他姐夫正替他收拾这个，收拾那个，忙前跑后，这让陶子尧心里莫名地有一丝的感动。他姐夫这次还特地把公馆的管家拨出一个，让陶子尧带着出门，并交代路上要好好照顾陶子尧。一切收拾停当了，陶子尧辞别了姐夫、姐姐，带着管家，从潍县坐火车到了青岛，到青岛之后，正好有轮船到上海去，他便买了船票，上了轮船。等到船开了，离了岸，海上就刮起了风，把轮船弄得摇摇晃晃的。陶子尧原来就有晕船的毛病，一上船就躺下不能动了。陶子尧带的管家叫张升，是个北方人，以前从来没有坐过船，更是晕得不行。那风刮了两天两夜也没停，他主仆两个也就躺了两天两夜没起来。这一天总算到了上海，风也停了，船也停了，他主仆两个也不晕了。陶子尧上了岸，贪图吉利，便选了棋盘街的高升客栈住下了，希望上海这次差事可以有个好的结果。

第八回

庄知县明目张胆愚百姓

建德县庄知县在胡统领（这个胡统领是来此地剿匪的）的船上酒足饭饱之后，告辞回了城。要到衙门了，远远就看见大门那儿聚了很多人。刚来到大门口，就有不少的村民跪在轿旁，大喊冤枉。庄大老爷一见这阵势，立刻下了轿，亲自去把领头的两个村民搀了起来。不等他们开口，自己先说："这些当兵的实在是可恶得很！我已经见过胡统领了，一定要处理几个，把他们的脑袋挂到你们庄子去，这样才能替你们出气。"庄大老爷一边走，一边说，走到大堂，就坐下了。这时候当班的衙役也在两旁都站好了，灯笼火把把大堂照得和白天一样。庄大老爷坐好后，告状的那些村民，在大堂下黑压压地跪了一片。庄大老爷皱着眉头，哭丧着脸，和这些村民说："我知道你们这些百姓可怜啊！本知县是你们的父母官，你们都是本知县的子民，做儿子的受了人家欺负，哪有做父母的不心疼的道理？今天的事儿，别说你们来到这里哀求我替你们申冤，就是你们不来，本县也是一定要严办的。"庄大老爷的话还没说完，堂下跪的这些村民都一齐哭喊着说：

"青天大老爷啊，您真是小人们的父母官啊，能够为我们做主。您老说的话，都是我们的心里话，您能这样表态，也不用小人们再说别的了。"庄大老爷听到这里，就知道这件事容易办了，马上说："你们先回去统计统计，哪家的人被杀了，哪家被抢了，哪家的妇女被强奸了，哪家的房子被烧了，详细地写个状子给我送过来。明天一早儿，我好根据你们的状子到船上跟统领要人去，立刻正法，让你们当面看着。"众村民又一齐叩头谢大老爷的恩，然后一齐退下，回去写状子统计那些当兵的所犯的罪行。

庄大老爷退堂后，不做别的，连夜写好了一张告示贴了出来。告示上写的是：

"胡统领军令森严，这次带兵出来剿土匪，为的是除暴安良，但很担心手下的士兵骚扰当地百姓，所以早就亲自告知了本知县，如果发生扰民的事情，只要证据确凿，就可以到县衙告状。一经查实，就按军法处理，决不宽恕。"

告示弄好了，庄大老爷才回房里打了一个盹儿。第二天一早儿，庄知县先去知府大人那里报告了这件事。知府大人听了之后也没说怎么办，想了一会儿，叫他先到城外和胡统领说一声。当时胡统领正睡得香，下人哪敢喊他，庄知县只好就在官厅里等。一直等到下午一点半钟，肚子饿得实在难受，庄知县就想回衙门吃点儿饭再来，偏偏这时候有人告诉他统领大人已经睡醒了，所以就没走，等着传见。这可好，这一等又等到了两点多钟，船上才传话下来，说请庄大老爷。

庄知县见了统领大人之后，先是感谢了统领大人昨天那顿酒，接着互相客套了几句就慢慢地谈到了公事上，庄知县便把昨天晚上村民告状的事儿说了一遍。又说："昨天晚上卑职在船上就得到了这个消息，恐怕不准确，所以没敢告诉您。"胡统领一听他说这话，才想起昨天家人曹升来说的话并不假，心里立刻就很不高兴，半天没有吱声。庄知县见统领大人沉着脸，便讨好统领大人说："这件事情卑职已经有办法了，保管叫那些乡下人告不出。大人您这里也不用处理任何人，保准儿没什么事儿。"胡统领忙问："真的吗？有什么好办法？"庄知县便如此如此，这般这般地说了一遍。起先这个胡统领还只是面无表情地听他说，后来渐渐地脸上就有了笑容，说到最后，竟然大笑了起来，连说："很好！很好！要是这样，那就让老哥你多费心了，兄弟也是无限感激啊！"说完之后，又一脸神秘地说："老哥提升的事儿我已经给你报上去了。"庄知县一听，赶紧谢过胡统领，然后就回来办事儿了。

回到衙门后，庄知县就召集了众衙役，立刻就要升堂审案。很快一切都准备好了，庄大老爷就升了堂，那些村民也早都来了。庄大老爷一见这些村民，仍旧装出一副愁眉苦脸的样子，和这些人说："本县想这些当兵的真是可恶，今天一定要正法两个，好替你们申冤。所有被害的人家，本县已经禀明了胡统领，一定会多给你们补偿。你们的状纸都已经写好了吧，拿给我看看，也好给你们发钱。"村民一听，给他们申冤，还给他们分钱，这样的好事儿啥时候有过啊？都在那儿不断地磕头谢恩，然后又都把状子呈给了庄知县。

庄大老爷看过之后，便吩咐左右说："照状子看，赵大房子烧了，又被打死了一个小工，最吃亏了，应该补偿五十两银。"堂上立刻有人发了一锭大元宝给赵大。其余的钱二、孙三、李四、周五、吴六、郑七、王八，有的四十两，有的三十两，也有十两、八两的。庄大老爷见几个最吃亏的都安抚得差不多了，便用手指着一个人说："你说你老婆、女儿被人强奸了，这件事情不小，审问明白了，立刻当面把那人杀给你看。但是有一样，这事情人命关天，究竟是谁强奸了你的老婆，谁强奸了你的女儿，你必须得指出来，但不能乱指。你老婆、女儿带来了没有？"这人回答说："昨天就一起来了。"庄大老爷说："很好。你老婆不用说，等到把你女儿检验过了，我立刻就去抓人。"那人听了没说话。庄大老爷说："从来打官司最要紧的就是得有证据，有了证据才能抓人。你们的状子都在这里呢，谁有证据快拿来。不但这个得有证据，就是赵大的小工被兵打死，究竟谁是凶手也要有证据。房子被烧，总得有人放火，是谁放的火，拿出证据来。你们快把证据都找出来，老爷我还等着办呢。"众人听了，我看看你，你看看我，谁也说不出来话。庄大老爷便说："你们先下去，想好了再来，也许是一时忘记了也说不准。"众人无奈都退了下去，七嘴八舌议论了半天，也没有说出一个人来。那家女儿被人强奸的，听说还要检验，说什么也不肯。闹了半天，也没人再上堂了。

且说庄大老爷那张告示贴出之后，四乡八镇都知道了这个消息，那些被害的人家纷纷赶来告状。结果不到半天的时间，县衙门前就聚了好几百人，领头儿的还是两个武秀才（明清时代，凡经过本省各级考试取入府、州、县学的武童生，通称武生员。俗称武秀才），闹哄哄地一齐要见县大老爷。庄大老爷知道人多不好办，就吩咐开了大门，把这两位武秀才请到了里面见面。最初这两个武秀才仗着人多，都是雄赳赳、气昂昂的，好像有万夫不当之勇。等到听了一声"请"，又见庄知县穿着官服迎接了出来，大堂两边，从里到外，齐刷刷站立着无数营兵、衙役，也不知道这些营兵是啥时候找来的。到了这时，两人不觉威风矮了一半儿。那些村民见他们两位这样，也就没什么说的，都跟了进来，一齐站在了大堂的院子里，一声不响。

庄大老爷把两个武秀才迎了进去，他俩见了知县大老爷，也不敢不下跪磕头，起来后又作了一个揖。庄大老爷让他俩在炕上一边儿一个坐下，下人又端上茶来，这样一弄，这俩人更是坐立不安了，连手都不知道放到哪里是好。想要说话吧，却不知从哪里说起。更可笑的是其中一个竟然哆哆嗦嗦地抖了起来。庄大老爷把这一切都看在眼里，心里一阵窃喜。不等这两人说话，庄大老爷依旧做出他那副老样子来，咬牙切齿，痛骂这帮兵伤天害理，接着又唉声叹气，说老百姓有多冤、有多苦。两个武秀才听了，心想：这不正是我们心里要说的话吗？现在可倒好，知县大老爷替他俩说了出来。这二人只能连连称是，看来根本也不用说话了。庄大老爷立刻又说:"快快出去告诉那些受害的百姓,赶紧指出真凶,本知县马上就抓人!绝不含糊!"两个武秀才坐在那里正难受得不得了,巴不得听到让他们出去的话,于是马上就出来了。庄大老爷仍旧把他们送到了二门(大门内的一道总门)。他俩出来,见众人都在七嘴八舌商量办法,又见了刚才从堂上下来的那些人,说到告状的事,都是因为不能指出人名,不知道怎么办呢。正在为难的时候,县令大人的告示又出来了。众人马上拥过去看,无非又是催促他们赶紧交齐人证物证以便办案的话。众人看了,都是很憋闷,明明冤枉却又没办法。而且人命关天,非同儿戏,如果弄错了人,那可不是闹着玩儿的。

　　不一会儿又听见知县大老爷要升堂了,说要提刚才的那帮人审问。众人没办法,只好回到堂上跪下。庄大老爷这次可是面色严厉了,问道:"知道是哪些人没有?有没有证据啊?"众人仍是你看看我,我看看你,谁也不说话。庄大老爷一看这样,便发话道:"本县爱民如子,有心替你们申冤,怎么现在反倒欺骗起本县来了?这还了得!你们的状子现在都在本县手里,事情早已经禀报了胡统领。胡统领朝本县要证据,本县就得朝你们要。你们说不出人来,不但得退还刚才发给你们的抚恤银子,还要治你们诬告罪。你们也不想想,杀人放火,强奸妇女,是多大的罪名!你们头上有几个脑袋?诬陷人家这样的罪名,你们担待得起吗?你说你们也真是的,怎么不弄明白就来告状?"众人除了磕头还能说什么?庄大老爷还在那儿不依不饶地逼着他们快说,叫他们赶紧指出人来,你说这些人怎么能说得出来啊!最后庄大老爷生气了,说:"你们到底想怎样?你们这个样子,叫我怎么和胡统领说?现在是要么你们指出人来,我立刻抓人;要么就得说你们是诬告了,这是我最不愿意相信的。"众人听了,赶紧一齐跪在地上求饶。庄大老爷见他们害怕了,内心更加得意了。一会儿说要把他们都押到胡统领那儿,一会儿又说既然没有证据,刚才的银子就不该领,要他们一齐都退回来。众人不肯,只是哭哭啼啼地在地上磕头。庄大老爷说:"你们这些人,要说可怜呢还真是可怜,但是也真够可恨的!说要申冤,却指不出真凶。现在弄得有冤没处伸,还要落下一个诬告的罪名。幸好本县宽大为怀,也知道你们的苦处,要是换了别人,你们今天闹的这个乱子可不小。现在你们想怎么样?都说说你们的想法吧。"众人忙说:"小的们还有什么说的!小的们都是大老爷的子民,还求大老爷慈悲!"庄大老爷听了,也不言语,皱了一会儿眉,才说:"这事儿你们可真是叫我为难啊,放了你们吧,胡统领那儿我怎么交代呢?"众人又是一个劲儿地在地上磕头。

庄大老爷又问:"房子烧了,小工被杀了,东西被抢了,可都是真的?"众人说:"千真万确。"又问:"家人被强奸了也是真的?"那个老婆、女儿被人强奸的人一直在那儿抹鼻涕,不敢回答。庄大老爷说:"现在我倒是有一个法子,不但不治你们诬告的罪,还可以让你们每个人都得到点儿抚恤银子。"众人又赶紧磕头。庄大老爷说:"这些事情本县心里也知道全是那些当兵的做的，但没凭没据就没法抓人，也是叫本县很无奈。现在要给你们开脱罪名，除非把这些事情都推到土匪身上，你们回去都再写一张状子，就说如何受土匪糟蹋，来求本县给你们申冤的话。再每人拿一张纸，写明领到本县抚恤银子多少两，本县就拿着你们写的这个到统领跟前替你们求情。如果求下来，那是你们的造化，一旦求不下来，那我也没法了。"众人说："大老爷替我们去求统领大人，肯定行的。多谢大老爷！"庄大老爷说："那也不好说啊。但是，你们受了土匪的祸害，胡统领替你们剿了土匪，你们做百姓的也总得有点表示才对。"众人还当是统领要钱，一齐哭着喊道："小人们遭了土匪，几乎都是家破人亡了，哪还有钱孝敬统领大人？求大老爷开恩啊！"庄大老爷说："统领大人哪稀罕你们那几个钱！统领大人临走的时候，你们孝敬几把万民伞（在清代，地方官离任的时候，当地百姓都得表示一点挽留的意思，比较流行的方式是送"万民伞"，意思是这个父母官像伞一样遮蔽照顾这个地方的老百姓，送的伞越多，表示这个官做得越好）不就行了吗？一个人能出几文钱？"众人听了，又是磕头谢庄大老爷的恩典，然后赶紧下去重新写状子去了。

头一帮人已经发落完了，轮到后来的那一帮人了。后来的那一帮人也是拿不出真凭实据的，看见前面人的结果，一个个早已经吓破了胆。庄大老爷本来也想当堂发落的，但看见人多，担心会闹事，所以还是先退了堂，然后叫人把领头的那两个武秀才叫了进来，又叫这两个武秀才找了几个村民，一齐到大厅里见。两个武秀才刚才已经见过知县大老爷了，但是那几个村民还是头一次，见了官儿都是害怕得要死，在那儿抖个不停。庄大老爷先是安慰他们，让他们坐下说话。当下先对那两个武秀才说："今天简直把本县气死了，这些人真可恨，既然要申冤，就要拿出真凭实据。自己也不知道是张三还是李四，难道要本县乱抓人不成？就算本县肯帮他们，要替他们申冤，但上头儿也不会答应啊。不但不会答应，还会让本县说他们这是诬告。要是那样你们说冤不冤？本县实在是可怜他们，所以才替他们想了一个法子，不但不治他们的罪，而且每个人还可以得到几两抚恤银子，我也算是对得起咱们建德的百姓了。"两个武秀才齐声说道："大老爷真是爱民如子！"那几个村民也不住地称赞，说他是青天大老爷。

庄大老爷这才言归正传，问那两个武秀才："你二人是秀才，是懂得国家律法的。现在来这里告状，一定是有真凭实据的，这样最好！不但可以替你们的乡邻申冤，也可以替本县出出这口恶气。说实话本县也是恨透了那些当兵的。"两个武秀才听了之后涨红了脸，一句话也回答不上来，只是如坐针毡地坐在那里。庄大老爷又向几个村民说道："你们几位都是上了年纪的人，俗话说：'嘴上无毛，办事不牢。'想几位一定是不会冤枉人的了？"这几个老实巴交的村民在乡下时见了当官儿的都很害怕，一般是官儿老爷说什么就是什么，从来不敢说半个"不"字。现在在堂上见了知县大老爷更是害怕得不行，早就变成了没嘴儿的葫芦了。庄大老爷说一句,他们就答应一句。最后问到他们想怎么样时,又都是默不作声。庄大老爷感到很奇怪,说:"你们倒是说话啊?本县是个急性子,只要你们说出具体的人来,本县马上就去抓人!"众人还是不说话。庄大老爷故意犹豫了半天,又问了好几遍,见他们始终不说,庄大老爷才把脸一板,说:"这是什么事儿啊?别的人倒还可以说得过去,你二位可是秀才啊,诬告是一个罪,领头闹事是一个罪,聚众是一个罪,吵闹衙门是一个罪,知法犯法,这还了得!"两个武秀才听到这里,魂儿都快吓没了,连忙跪在地上说:"求大老爷高抬贵手!我们武秀才也是不认识几个字的,也不懂得啥道理,这次回去,一定安分守己,如果以后有什么不好的事情传到了大老爷的耳朵里,到时两个罪一块儿治也不迟。"说着又嘣咚嘣咚地连磕了好几个响头。几个村民也都跪下了,都说:"我们都不告了,求大老爷千万别生气!"庄大老爷看了,心里觉得很好笑,脸却故意还板着,忙用手扶起了两个武秀才,也叫众人都坐下。然后又装腔作势地说了好半天,把几个村民都安抚得差不多了,才叫其他人走,只把两个武秀才暂时留在城里,等待胡统领的发落。

　　众人感激不尽,这两个武秀才却活活要吓死了。庄大老爷又开始卖好,向众人说道:"你们回去告诉其他的百姓,叫他们各自安心在家等着,不久本县就会亲自下乡去核实,如果谁真被糟蹋了,一定补偿!"众人听了越发地感激,两个武秀才却吓得脸都白了,又一齐跪下叩头求饶。只见庄大老爷眼望着天,一手拈着胡须,慢条斯理地说道:"诬告是大事,本县实在是担待不起啊。"众人见大老爷这样说,又一齐跪下磕头如捣蒜一般求大老爷开恩。庄大老爷说:"你们都是无知的百姓,也算情有可原,但是他二人可是秀才,哪有不懂法的道理?本县也不为难他们,先把他们送到学堂学学律法再说吧。"两个武秀才听了,几乎魂飞魄散,担心丢了功名,没了饭碗,因此更是哀求个不停。众人也都跟着哀求。庄大老爷一想,架子摆得也差不多了,还是做个顺水人情吧。便对那几个村民说:"百姓的苦处,本县一向都是知道的,早晚都会有抚恤。他们做秀才的人,竟然不安分守己,现在不关自己的事儿都敢领头儿出来闹事儿,真要是自己的事儿那还了得。他们在本县面前尚且如此,若是在乡里,还不知道怎样鱼肉百姓了!所以本县要留他二人在这里,查查他们平时有没有什么劣迹。现在既然你们一再替他们求情,本县就给你们个面子,暂时先让他们跟着你们一起回去。以后本县如果要人,你们必须马上交上来,如果胆敢不交,就是你们的事儿!但不知你们愿不愿意做他们的保人?"众人都说:"愿意担保。"庄大老爷听了没说什么,叫师爷写了担保书,又叫村民都画了押,两个武秀才这才和众人谢过庄大老爷后一起出来了。

告土匪的状子其实庄大老爷早就吩咐人写好了,主要是告土匪作乱,求官兵剿捕,另外也写了些感谢统领带兵剿匪,除暴安良的话,连带也说了百姓们的苦处,求给抚恤的话。起先几个村民还不肯这样说,都说:"大老爷您是好的,很照

庄胡二人船上喝酒

顾我们,但统领大人的兵一个个可都是无法无天的,我们的苦头儿可是没少吃,现在哪里能去说一个'好'字啊!"庄大老爷又私底下叫人开导他们说:"你们不把统领大人恭维好了,那抚恤银子他能发给你们吗?既然你们没有凭据,伸不了冤,还不如拿他几两银子呢!你们不这样写,老爷他到统领跟前也不好替你们说话,如果把老爷弄生气了,他一动起气来,要真把你们抓起来,你们可是得不偿失啊!"众人想想也是,只好忍气吞声,一个个在早已写好的状纸上按了手印,然后送给庄大老爷过目。庄大老爷见两帮人都不说什么了,才把他们都放回去了。

这位庄大人心里甭提多美了,这事儿想想就漂亮,于是立刻又出城见胡统领。到了胡统领那儿把事情的经过一说,这胡统领也是非常地感激,便说:"要多少银子,老兄你只管说话,反正这钱是要朝廷出的。"然后马上吩咐人摆上酒席,两人就开喝上了。

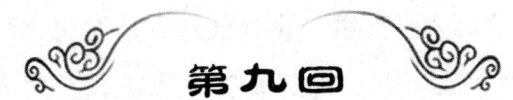

第九回

势利鬼往往偏逢势利交

说到势利鬼贾润孙，还要从周中堂说起，这周中堂本是军机处的一个大臣，前一阵儿因保举错了人，自己主动退出了军机处，好几天请假在家，似乎从此不再关心外边的事儿了，可是京城里的报纸他还是天天看。一天看见报纸上写着皇上准备召见一个叫贾润孙的，召见之后还要给这个姓贾的一个高官儿做。周中堂看了会儿，突然一拍大腿，哈哈笑道："这个贾润孙不正是我朋友贾筱芝的儿子吗？他自打到了京城，到我这里来过一趟，以后再没见他来过，明天正好要请几个人吃饭，顺便把他也带着，反正多他一个也不多，也就是加双筷子的事儿。这小子这趟进京总算没白忙活儿，和他搞搞关系，等临走的时候好向他借点银子花。"主意打定，就顺便多写了一张请帖。

贾大少爷得知了自己的事儿后，知道是自己好朋友黑八哥的叔叔帮的忙，正打算请黑八哥撮一顿，再问问他看哪天方便，好去见见他叔叔，当面谢谢人家。正在心里盘算的时候，管家走了进来，手里拿着一张请帖，贾大少爷看了看，原来是周中堂请他明天中午去家里吃饭，心里马上就不高兴了,随口说了句:"明天中午我自己还要请客呢,哪有工夫去他那儿吃饭!"管家问:"那怎么答复人家呢?"贾大少爷说:"请帖先留下,到时候说身体不舒服,不去就行了。"

打发走了来人,贾大少爷连忙写信请黑八哥明天中午到馆子里喝两盅,写好后叫管家马上送去了。管家到黑八哥家的时候,正赶上黄胖姑拿了银子来见黑八哥,这次黄胖姑来见黑八哥是替贾大少爷办事儿,不知情的人还真的是不知道怎么回事儿呢。黑八哥一看,银子一共才九万两,连忙问道:"他不是特意为这事向别人借过十万两吗,怎么你只拿了九万两过来?我叔叔跟前怎么着也得凑个整数,少了能拿出手吗?咱们是自己人,我也不瞒你,这钱可是都给他老人家,我可是一个子儿也落不着啊。"黄胖姑一听口气不对,连忙说:"贾少爷他实在没啥钱了,好不容易凑了十万,还拿了一万替他家老太爷还了八千银子的账,剩下的两千能维持在京城里的花销就不错了。好在不管他孝敬多少,您叔叔心里总会有数的。"黑八哥听了,顿时脸上露出不高兴的表情。

正僵着的时候,下人进来禀告说贾大少爷的管家来送信,说贾大少爷明天中午请客。黑八哥正生这贾少爷的气呢,看了信,随手把信一摔,说:"我哪有工夫去陪他!"黄胖姑看见黑八哥真生气了,赶紧不停地作揖:"这回是兄弟事儿办得不好,还请黑八哥您多担待,以后一定补您的情,您看好不好?"黑八哥虽然一时不愿意,但心里也明白,这个黄胖姑可是得罪不得的,很多买卖都是他经手的,得罪了他,等于是断了自己的一条财路。停了半天他才说道:"胖姑,这件事也就是你办的,咱们之间这么多年了,若是换个主儿,我早把这点儿破银子扔到门外去了,看他还有什么脸再来!"黄胖姑听说,连忙又作了一个揖,说:"多谢八哥大人有大量!您老人家和我闹着玩,我是真禁不起吓啊,您看我这一身汗,连小褂都湿透了。倒是贾润孙他请您吃饭,也是他的心意,您怎么着也给他一个面子,吃他一顿,咱没什么损失,他也开心,这样的事儿何乐而不为呢?"黑八哥想想也是,就叫下人去对贾大少爷的管家说,他明天准时到场。

黄胖姑从黑八哥那儿出来,立刻去见贾大少爷。见面之后,没好意思说黑八哥开始和他翻脸的事儿,怕贾大少爷笑话他,只说:"贾少爷,现在里头开销很大,八哥的叔叔拿了你的这些钱差不多都要花在别人身上,九万两银子实在是不够,黑八哥开始怎么也不肯收,后来是我厚着脸皮,跟他软磨硬泡,好说歹说,又私下答应给他些好处,他才勉强点头。你说办事咋就这么难?老弟,你这事儿托给我,还真就是托对人了,如果换作别人,保准把你这事儿给弄砸了!"贾大少爷自然连声道谢。

一夜无话,贾大少爷早上起来,先写了一封信给周中堂,推说感冒不能去了,等病好了一定去拜见。把信写好后叫人送去。周中堂可是很希望这贾少爷能来,看他来不了了,很是有些失望。不过这周中堂还是不死心,毕竟还想借钱用呢,因此马上又写了一封信,交给来人带回去,说:"兄弟身体不舒服,我很是担心,那就在家好好地歇着,等到病好了,我哪天再单独请兄弟过来好好地聚聚。"送信人回来,贾大少爷拆开信,看过后嗤地一笑,说:"呵呵,这老家伙,真能整!我自己的事儿还忙不过来呢,哪有工夫去见你!"说完,把信丢在一旁,自己却到馆子里请黑八哥吃饭去了。不一会儿黑八哥就到了,贾大少爷先是表达了感激之情,说:"这次能被提拔全靠老哥叔叔的栽培,兄弟心里非常感激,有机会还请老哥带我进去,我好当面向他老人家道谢。"黑八哥说:"我叔叔最近事情比较多,等我哪天见着他,约好了日子再告诉你。"贾大少爷听后又是不停地道谢,接着二人就推杯换盏,畅饮起来。

一天黑八哥吃过饭后,进皇宫办事儿,见了他叔叔之后就顺便把贾大少爷要进来道谢的意思说了。黑八哥的叔叔说:"这小子也太啰唆了,有了机会我还能不照顾他啊。我一天到晚这么多事情忙得团团转,哪有工夫见他!"黑八哥见他叔叔说没工夫见,心想这么个小事儿都搞不定,那个姓贾的以后还能瞧得上自己吗?可他叔叔的脾气他也知道,犟得很,既然说了没工夫,也不能逼着叔叔见,只好一声不响,蔫头耷脑地站在一旁,一站站了约莫有半个多钟头。他叔见他不走,也不说话,便说道:"你拿了那个姓贾的多少钱,这样替他帮忙?"黑八哥见他叔叔开口了,赶紧走上两步,给他叔叔作了一个揖,说道:"侄儿给人家办事儿,从来不敢向人家多要一个子儿,叔叔您不信就去查,如果侄儿多拿了一个子儿,叔叔您怎么收拾我都行,侄儿就是死了也毫无怨言。这个贾少爷的银子的的确确是借来的,侄儿把他带进来,叫他见见您,不但他自己放心,就是借给他银子的那个人听见了也放心,这其实也不是什么麻烦事儿。叔叔您就给侄儿一个面子好不?"黑八哥的叔叔道:"难道银子放在我这儿,他们还不放心吗?"黑八哥道:"倒是没什么不放心的,就是侄儿替人家办事儿,到现在也不是第一次了,从来也没误过人家的事儿。但是咱们的买卖是一年到头都要做,来京谋发展的人,能有多少腰里总是带着几十万两银子的? 大多其实都是东挪西借的,指望着做了官回去还人家。如今并不是要叔叔马上给他办,人家就是想见您一面,求个心安,知道这银子不会打水漂儿。"

黑八哥的叔叔也知道八哥说的话在理,可刚才话都说出去了,一时有点儿下不来台,只好说道:"你这孩子还是缺乏锻炼啊,就七八万银子的事儿,也来烦我! 我如果不答应你,怕你今天是没脸出去了,就是出去了,估计你也是不好意思见那姓贾的,哎,行了,谁叫你是我侄儿呢! 真是服了你! 去告诉他,叫他后天来见我吧。"说完,叔叔进去了。黑八哥听了叔叔的一番话,真是浑身舒坦得不行,走路都格外地轻快。到家之后,立刻叫人通知黄胖姑,叫黄胖姑传话给贾大少爷,叫他后天一早儿和自己去见叔叔。黄胖姑当然不敢怠慢,自己一时走不开,又怕传话的人说不清楚,于是特地叫人把贾大少爷找了来,郑重其事地把黑八哥的话说了。贾大少爷听了,心情无比地激动,忍不住使劲儿抱了抱黄胖姑,然后高高兴兴地回家了。

等回到家,刚跨进门,就见管家拿了一张大名片进来,上面写着"候补知县包信"六个字。贾大少爷看过,说:"我不认识这个人啊,他干吗来找我?"管家道:"小人也问过他。他说他哥是华中堂大人那儿的教书先生。他知道您不久就有喜事儿,所以就求中堂大人推荐到您这里来,说是中堂大人叫他今儿先来的。"贾大少爷说:"有大人的信没有?"管家说:"没有,那人还说,等你们见了中堂大人的面,一切就都清楚了。"贾大少爷说:"不会是骗子吧!这年头骗子可是不少啊!既然是华中堂大人推荐来的,怎么着也得有个条子啥的啊,竟然是空着手来找我,叫我怎么相信他。"转念一想:"他说我不久就有什么喜事儿,或许真的不是来骗我的,我不如请他进来,看看他到底想要干什么。"拿定了主意,就吩咐管家去把那人请进来。

　　贾大少爷想穿了便衣出去见面,又担心他要真是华中堂大人推荐来的,或者中堂大人真有什么吩咐,这样穿戴怕怠慢了他,怠慢了他也就是怠慢了中堂大人。如果穿了官服去见他,倘若他不是中堂大人的什么世交故友,那岂不是自己糟践了自己,而且他只是个小小的知县。想了一会儿,他决定还是穿着便衣出去。于是叫家人拿过一顶大帽子戴上,然后出来相见。那姓包的见了面之后,立刻跪下行礼。贾大少爷也在一旁还礼,但是却先起来了。坐好后,就问他哪儿的人,来找自己有什么事儿。那姓包的道:"卑职姓包,名信,号松明,是山东济宁人,我哥哥叫松忠,是华中堂大人家的教书先生。我原来也在京城教书来着,去年被保举了候补知县。前一阵儿听哥哥说大人您不久就要高升,所以卑职就央求我哥求了中堂大人,想来您这儿伺候您,恳请大人给我一个伺候您的机会。"

贾大少爷说:"中堂大人有信没有?"包松明说:"卑职原也想求中堂大人赏封信的,昨天见着中堂大人,中堂大人说:'你先去见他吧,我随后写信送去。'所以卑职今天才敢来。后来卑职出来的时候,中堂大人叫带个信儿给您。"贾大少爷一听中堂大人托他带信儿,不禁又惊又喜,忙问:"中堂大人要你带什么信儿?"包松明道:"中堂大人说上回您送的那对儿鼻烟壶,他很喜欢,把自己原来有的拿出来比了一比,发现竟然没有比过这一对儿的。中堂大人很想照样再弄一对儿,该多少钱他老人家都愿意拿。"贾大少爷一听中堂大人喜欢自己送的鼻烟壶,立刻眉开眼笑,看来这包松明与中堂大人可不是一般的交情,所以才能让他带这个话。于是终于热情起来,和这个包松明唠了起来,还要留他在家里吃饭。说:"兄弟一直很欣赏哥哥,以后向您学习的地方还多着呢。"又说:"现在兄弟还没升官,一切都得慢慢来,将来升官之后,一切都好说。"又问:"哥哥住在哪里?家人都在京城吗?如果没有,可以搬来和兄弟一块儿住。"包松明正巴不得呢,连声道谢。

贾大少爷于是吩咐管家:"去,赶紧把西厢房王师爷的床移到你们那儿,另外摆张大床,再去把包大人的行李啥的搬来,现在就去,谁要是误了包大人的事儿,你们通通都给我滚蛋。"张罗了半天,包松明起身告辞,说:"卑职要先到中堂大人那儿去说一声,好让中堂大人放心,回来就马上搬过来。"贾大少爷连连说好。

贾大少爷一心只想着包松明说中堂大人喜欢他送的鼻烟壶的事儿,知道银子真是没白花,相信不久就会有回报了,却没有仔细想想"中堂大人很想照样再弄一对儿"这句话。人都这样,心里有高兴事儿,总想和别人说说。这贾大少爷心里高兴就想去告诉黄胖姑,忙叫人套了车,不一会儿就到了前门大栅栏黄胖姑开的钱庄上,见着了黄胖姑,把包松明的话说了一遍。黄胖姑听了,拿手摸着胡子,在那儿不说话。贾大少爷莫名其妙,忙问道:"包松明说的话不是骗人的,他的确是中堂大人推荐来的,但是怎么连个推荐条啥的都没有呢?"黄胖姑微微笑道:"这么点儿事情大人怎能轻易动笔,你送他鼻烟壶,他都肯同姓包的说,说明这姓包的来历就不小。你怎么安排那姓包的了?"贾大少爷便把留他住的话说了。黄胖姑说:"很好。倒是姓包的后头儿那句话,你没仔细想想?"贾大少爷一脸的茫然。黄胖姑说:"中堂大人的意思,是要你再给他弄一对儿和先前一样的鼻烟壶。"贾大少爷说:"可是我都孝敬过了啊。"黄胖姑说:"我也知道你孝敬过了,但是中堂大人的话可是明摆着要你再弄一对儿啊。如果他不是想到了你,为啥叫那姓包的来给你传话呢?"贾大少爷听了这话,拍了拍脑袋,说:"胖姑,真是多亏了你提醒我,那么多的银子都花了,还能差一对儿鼻烟壶吗,问题是到哪里再找这样一对儿呢?"黄胖姑想了一会儿,说:"你还是再到刘厚守铺子里去看看吧。"

贾大少爷知道怎么着也得再弄一对儿,要不然很可能先前花的银子要白扔。从黄胖姑那里出来,立刻坐了车去找刘厚守。见面先是一顿客套,接着说想再买一对儿和先前那对儿一个样子的鼻烟壶,刘厚守假装为难的样子说:"我的大爷啊,先前那一对儿还是看在咱们这么多年的关系上让给你的,你叫我到哪里去再弄一对儿啊?现在的几个阔佬,除了那位中堂大人,你又要送谁啊?"贾大少爷刚想告诉他就是中堂大人要,又一想,这小子要是知道了还是送给中堂大人一定会漫天要价,所以话到嘴边又缩了回去,慢慢地说:"呵呵,是我自己见了喜欢,那玩意儿不错,我也要弄一对儿。"刘厚守和什么样的人没打过交道啊,贾大少爷这点儿伎俩,他心里可是一清二楚。而且他这铺子其实就是中堂大人拿钱开的,中堂大人的事儿,他怎么能不多多少少知道一些。现在既然贾大少爷不肯说,他也不追问,想了想,说:"倒真还是有一对儿,是兄弟留心了二十多年才弄到的,本来想自己留着玩儿,不往外卖的,可是现在你话都说出来了,那我就只能忍痛割爱了。"贾大少爷一听他还有,十分高兴,连说:"如果大哥肯割爱,多少钱都行啊,兄弟立即叫人送过来。"刘厚守要的就是他这句话,马上走到自己平时待着的屋子里,拉开抽屉,拿了一对儿鼻烟壶出来,交给了贾大少爷。

贾大少爷把鼻烟壶放在手里一看,没想到竟然真的和先前的那对儿一模一样,看了半天,连说:"奇怪,真是奇怪,这世上竟然真的有完全一样的东西!"刘厚守立即说:"这对儿可比那对儿好,其实细看不一样,常人很难看出不一样的地方。价钱也不一样啊!先前那对儿你是花两千两买的吧,这对儿你就是再加两倍我也不能卖给你。"贾大少爷说:"那你想要多少啊?"刘厚守说:"八千两,你拿八千两银子来,我就卖给你。一个子儿也不问你多要,但差一个子儿也不行。"贾大少爷说:"如果真是另外一对儿,又比先前买的那对儿好,别说是八千,就是一万我也不在乎。可是我现在怎么看都是先前的那对儿,你说怪不?"刘厚守说:"你一定要说这是前头的那对儿,我也没必要和你分辩,这是做买卖,我不强迫你,你相信就买,不相信就别买,我留着自己玩儿。"说着,把鼻烟壶收了起来。

这两个人谈得不是很融洽,贾大少爷干坐着也没啥意思,就告辞出来了,却没有回家,而是又回到了黄胖姑那里。黄胖姑见面就问:"鼻烟壶弄到了吗?"贾大少爷说:"还真是有,和先前的那对儿完全一样,我怀疑就是先头的那对儿。"黄胖姑不等他说完,就插嘴说:"既然有,就该买了下来啊。"贾大少爷说:"价钱不对啊。"黄胖姑问:"要多少钱?"贾大少爷说:"八千。"黄胖姑说:"八千不多啊,就是八万你也应该买。"贾大少爷忙问原因。黄胖姑叹一口气说:"哎!你就知道走后门给人家送钱,却不知道这其中的奥妙。"贾大少爷听了不解,连忙问什么奥妙。黄胖姑说:"就算是先前的那对儿,又能怎样?莫不成你不做官了吗?人家拿你当傻子,你就应该当一回傻子,买了下来,再去孝敬中堂大人,包你最后只赚不赔。"

说到这里,贾大少爷终于明白了,但仍是心有不甘地说:"要是还要我两千也行,可是却要我八千,也太黑了!"黄胖姑摇了摇头,说:"不算多,人家肯说价钱,这事儿就好商量。"贾大少爷还要再问，黄胖姑说："别说别的了，我们快去买吧，再配上几件别的古董，还是托刘厚守替我们送进去。老弟，不是我说你，这时候凡事可要想开些，等你高官得做了，什么弄不回来啊？"说着，拉着贾大少爷就去找刘厚守，把来意说明了。刘厚守咧开嘴笑着说："我就知道贾少爷一定会回来的，现在连别的东西我都替你配好了，你看咱这服务周到吧。总计大概要一万多，咱们都是朋友了，给您个折扣，您就给一万得了。"贾大少爷连称"麻烦了"。黄胖姑说："银子先由我那里打过来。"当下商量好了给刘厚守三千两银子的辛苦费，仍托他送进去。

　　事儿都办妥了，贾大少爷方才回家。下了车就问："包大人的行李搬来了没有？"管家说："搬回来了。"又问："床铺好了没有啊？"管家说："王师爷出去了，家人们没好意思拆他的床，想等他回来再拆。"贾大少爷听后骂道："混账东西！你们是吃我的饭，还是吃那姓王的饭！"管家也不敢作声。贾大少爷又问："包大人来过没有呢？"管家说："来过一次，又走了。"贾大少爷又骂道："事儿办不好，倒替我得罪人，姓王的是你爹啊，你不敢得罪他。"一边说，一边走到王师爷住的屋里，亲自动手去掀王师爷的铺盖。管家也只好帮着摘下帐子，卷起铺盖。贾大少爷一直等着下人把包大人的帐子挂上，被褥铺好，才走出去。呵呵，正是这个也许有用的包大人倒是快成了贾大少爷的"爹"。人们常说有奶便是娘，看来这话对势利鬼贾大少爷来说一点儿也不假。

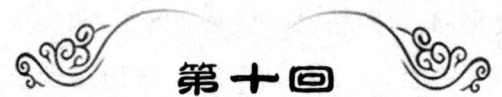

第十回

说洋话哨官惨遭他人殴

话说羊统领本是在别的省任职，后来觉得那个职位没什么意思，就花钱找人走关系，调到南京当了这个城防营的统领，手下管着不少的士兵，日子过得倒也逍遥自在。一天，羊统领正和几位大人在酒桌上闲聊，忽见外面走进来四五个人。为首的那个浑身拖泥带水，用一块白毛巾包着头，毛巾上还有许多鲜血。刚一进门，见着羊统领，为首那个便"扑通"一声双膝跪地，哭喊着："求统领救小人的命啊！"羊统领一见，一脸疑惑，心里想："刚才那些人打架的时候，并没看见有他啊，怎么他的头会被打破呢？"正在那里寻思呢，只听那个人又说道："小人伺候统领您这多少年，几乎从来没有误过什么差事，就是误了差事，统领想责罚小人，要打要骂，小人也是毫无怨言。可如今凭空多了个外国上司，以为自己是洋人就可以横行霸道？就可以随随便便地打人？小人是大清的子民，虽说小人官职低微，但也是皇帝的官儿，怎么能被洋人打？小人也是六十多岁的人了，以后这张老脸还往哪儿搁？还求统领给小人做主啊！"说罢，又磕了几个头，跪着也不起来。羊统领还是没听明白他说的话，便问："你到底是做什么的？你说在我这儿当差，我怎么不认识你？你好好一个人，怎么会被洋人打了？是不是你自己没做好，得罪了人家？"那人说："小人在新军左营当了十八年的差。统领有时出门或者回来，小人跟着本营的营官接过您，也送过您，您的面貌小人是早都记住了，平时没什么事儿，小人也不能无故到统领跟前伺候您老人家，统领哪里会认得小人呢？至于说到那个可恶的洋人，小人已经很克制自己了。他说外国话，小人也学着说外国话应答他，也没有说错、做错什么，没想到他抢过马棒就给我一顿暴打。我头上都被打了两个大窟窿了，淌了半碗多的血。统领如果不给小人做主，小人就是拼了这条老命不要，也要和那该死的洋人拼上一拼！"

当时酒桌上有个叫孙大胡子的，做事算是很明白的一个人了，听了那人不着边际的话，又气又急，急忙插嘴问道："你这说的到底是什么玩意儿？你到底叫什么名字？怎么会和洋人搅和在一块儿？你话都说不明白，怎么叫统领大人替你做主啊？"孙大胡子一番话也提醒了羊统领，也催那人快说。只听那个人说道："小人叫龙占元，在新军左营当哨官（旧时军中管理一哨的长官）。五天前，小人奉营官的派遣，和本营的翻译一起到下关去迎接本营的洋教官。谁知道一连等了五天，结果连个洋人的影子都没有见到。今天下大雨，小人想下雨天那洋人肯定不会来了，小人在码头上等了一会儿，后来雨越下越大，小人就跑到一个朋友家去躲雨。哪知道正是下大雨的时候，轮船靠了岸，小人听见轮船汽笛声，赶紧跑到码头上去接，只见一个洋人正站在那里生气呢，因为他的行李被弄湿了。诸位大人想想,是天下雨弄湿了他的行李,又不是小人弄湿的。小人因为他是洋人,就是制台大人都要另眼看待呢,小人算是什么东西,还能敢怠慢吗?当时就赶紧上前去,他一连问了几句话,小人都赶紧答应他。不料这答应还倒答应坏了。他叽里呱啦说的一堆洋话,小人哪能听得懂,他很生气,抬腿就踹了小人两脚。小人说:'有话好好说,你怎么踢人啊?'他也不听,顺手就把小人手里的马棒抢了过去,一连打了我十几下子,把我的头都打破了。小人说的句句可都是真话,诸位大人如果不相信,可以问翻译,他都看见了。"

说到这里,大家看见跟他来的人当中,有一个衣服穿得稍微整齐些的,走上前来朝着羊统领作了一个揖,自称是营里的翻译:"小人平时很少来给统领大人请安,请大人莫怪。今天小人是被龙占元拉了来给他做见证的。"羊统领见他作揖,也只是稍稍欠了欠身子,仍旧坐下,问他道:"好端端的怎么会被洋教官打呢?洋教官都说了些什么?他又是怎么回答的?"那翻译便上前一步,稍微放低了声音说道:"回统领大人的话,龙哨官确实被洋人打得不轻啊,脑袋都打破了,他说的话一点儿也不假。至于他为什么被打,其实那要怪他自己不会说话。"羊统领道:"是啊,洋人怎么会没来由就打他呢,多半还是他自己不好。"这时龙占元还跪在地上,听见翻译说自己不会说话,统领也怪他不好,把他气得脸红脖子粗,抬着头,噘着嘴,一个人在那生气,心想自己真是瞎了眼,怎么会找这个家伙做证人?

　　羊统领哪管那龙哨官生不生气，只是一个劲儿地催翻译快说。翻译道："千不该，万不该，老天爷就不该今天下雨。如果不下雨，洋人的行李就不会弄湿，行李不弄湿也就没有这事儿了。偏偏轮船靠岸的时候下大雨，那洋人的行李从轮船上搬到岸上，虽然就是跨一大步的事儿，但是那搬行李的人没有拿伞，于是就不可避免地弄湿了行李。洋人的脾气也实在大，又难说话，到了岸上就跺着脚骂人，等他骂过一会儿，如果没有人在他跟前，他也就消了气了，可巧龙哨官要去讨好人家，上去同他握手。那洋人可真是个驴脾气，不理他倒还好，越理他，他却越来劲。龙哨官主动和他握手，他不握手也就罢了，还把龙哨官的手推开了，瞪着眼睛用外国话问他。你说龙哨官也够有意思的，不会说外国话吧，还偏偏在那儿装会，也不知道从哪儿学来的，别的话一句都不会说，就会说一句'夜思'。洋人问他：'你可是来接我的？'龙哨官接了一声'夜思'。洋人又问：'既然派你来接我，为什么不早来？你是不是偷懒来晚了？'龙哨官又答应了一声'夜思'。洋人听了他这话，心里更不高兴了。又问他道：'你不来接我，是不是知道今天下雨，你故意要弄湿我的行李？'这时候，我在旁边一直祈祷龙哨官可别说话了。谁知他不慌不忙又答应了一声'夜思'，这下洋人可不答应了。他手里本来是有根棍子的，举起棍子照着龙哨官的头就打，谁知用力过猛，棍子打一下就断了。这洋人还气不过，一面嘴里骂，一面就伸手把龙哨官手里的马棒抢了过去，劈头盖脸地就打上了。龙哨官的头都被打破了，嘴里却还一直说着'夜思，夜思'，真把

洋人殴打哨官

我们旁边人都给气昏了。后来好容易把洋人劝开了，等到雨下小些，叫了马车，连人带行李一齐把他送回家了。我们大家都怪龙哨官，说你同洋人说话，怎么只说'夜思，夜思'一句？如今因为这'夜思'，你这苦吃得可实在是冤枉啊。我们说他，他还不服气，说：'咱们官场上向来是上头吩咐话，我们做下属的人总得"是是是"地答应着。现今我拿对待上司的礼节对他，他还不高兴，伸手就打人，真是岂有此理！'现在洋人早都回家去了。龙哨官因为挨了洋人的打，心里不甘，特地跑到统领公馆里喊冤。到了公馆，才知道统领原来在这里，所以又赶了过来。"

羊统领听完了这一番话，不禁皱了皱眉，又摇了摇头，说道："我就知道你们这些人不守本分，老是给我惹乱子！好端端的，又得罪了洋人，没事儿你得罪洋人干什么？"龙占元说："小人怎敢得罪洋人，他打小人真是打得一点儿道理都没有啊。"羊统领说："行了，你还想怎样？"龙占元道："求大人给我申冤做主。"羊统领还没答话，旁边那个孙大胡子忙替羊统领出主意，悄声说道："人已经被洋人打了，你还有什么法子要想，你去替他申冤？怎么着也是我们自己人不好。他如果不去躲雨，轮船一到，就把洋人接了下来，自然没得话说。如今是他自己误了公事，反说洋人不讲情理，这场官司就是打到制台大人跟前，非但打不赢，而且还要把事情弄大。咱们现在是'今朝有酒今朝醉'，'当一天和尚撞一天钟'。人家洋人打个人算什么，人家不来问你的罪就谢天谢地了，如今倒要向人家讨公道，我看还是算了吧。"孙大胡子的一席话提醒了羊统领,只见羊统领立刻把脸一沉,朝着龙占元数落道:"本营营官派你去接洋教官,没叫你去躲雨吧,你私下去躲雨,结果让人家洋人的行李淋了雨,这难道还不是你的不是吗?我看洋人打你真是应该,以后当差的要都像你这样误事,那还了得!"一面说,一面回头吩咐同来的翻译,叫他去和营官说:"这个龙哨官,必须撤了,而且还要严厉惩治,杀一儆百!"翻译听了羊统领的吩咐,只好答应着。这下可把龙占元吓坏了,跪在地下磕头如捣蒜,哭着说:"统领大人开恩,小人以后再也不敢生事了,大人就宽恕了小人吧!小人再也不喊冤了!"羊统领说:"你们都听听,到现在还说什么喊冤的事儿,这可真是'不见棺材不落泪'啊。我一定不能饶他!明天再把那个洋人请来,让他看看我怎么收拾这个不中用的哨官!"龙占元一听,又连忙磕头,忙喊:"诸位大人可怜小人,替小人说句话吧。"羊统领又问他:"那你还冤枉不冤枉啊?"龙占元忙道:"小人不冤枉!一点儿都不冤枉!"又问:"那你该打不该打啊?"龙占元又忙道:"小人实在该打!打得实在是轻!"羊统领虽然见他自己认了错,但还不放心,又吩咐同来的翻译把他带回去,并传话给营官:"倘若三天之内,洋人不来问话也就算了,如果来问,我还是要找这个龙哨官。"这龙哨官现在也确实无话可说了,又给统领大人磕了一个头,站起身来,含着眼泪,抱头而去。

第十一回
阎二先生山西放赈救人

　　阎二先生，大号叫阎佐之，喜欢做善事，人称"阎大善人"，就因为做善事，还受过皇帝的奖励呢！这阎二先生可是老上海有名的大善人，人出了名，官也越做越大。这一年正赶上山西大闹饥荒，阎大善人正忙忙活活地准备去山西赈灾，打算在那儿大展拳脚，拯救灾民。

　　这一天给老太太过完生日后，他便准备出发了。现在山西那儿的天儿很冷，阎二先生是个大善人，出去放赈救人如果穿皮袍子那成什么话，穿成那样不是自己惹人恨吗？因此他想自己应该弄得俭朴些，这样到了山西那儿，那些灾民看着也舒服，于是叫家里人给他做了一身棉袄棉裤带着，到山西后就穿在里头，肯定就不会冷了。银子不用随身带着，拿着银票到当地的钱庄支取就行，一路上也没什么辛苦的，大大小小的地方官儿一定会派人照料。阎二先生做的是善事，是去救人的，是替皇上分忧去了，皇上都要另眼相看，那些知州、知县哪一个敢怠慢，只要有一点儿做得让阎二先生不满意，阎二先生只需写一封信给山西巡抚大人，就能立刻把他撤了，那可真是要多容易有多容易，要多简单有多简单。因此,谁敢不来讨好他?一切准备停当后,阎大善人便带了师爷、二爷上了路,直奔山西而来。这一路,阎大善人的电报是没少发,不论到哪里,都要发个电报给山西巡抚,报告自己的行踪,好在大善人发电报是不花钱的,就是花钱对大善人来说也算不了什么。

这一天终于到了山西地界。山西巡抚早就通知了沿途上的州县,说南方大善人阎二先生带了银子,还有棉袄棉裤啥的来救济咱们山西百姓了,凡是阎大善人路过的地方都要好好派人招呼。那些州县接到通知后,都提前做好了准备,专等阎大善人路过。吃的住的都是一流的,有的地方还张灯结彩,弄得跟过节似的。有的地方官为表示自己的诚意,亲自出来迎接。大善人到一个地方住下后,地方一般都送上好的酒席,其中山珍海味是应有尽有。阎二先生本着清正廉洁的原则,通通叫人把灯啊彩啊啥的都撤去,送来的酒席也通通不收,通常只向店里的伙计要一碗白开水,把身上带着的干馒头泡两个充饥,还和人家说:"我们有干粮吃,这还不是神仙般的日子啊,想想太原那边的老百姓,草根树皮都没得吃,饿得都快吃人肉了,那叫人怎么活啊。我们就稍微地节省节省,不知道就能救多少人的性命了。"说到这里,阎大善人几乎就要哭出来了。又说道:"想到那些受灾的人啊,我连干粮都吃不下了!"大家看了他痛苦的样子,都十分敬重,都说:"这可真是一个好人啊!"

这个风声一传出去,后面的知县便不敢张灯结彩迎接他,也不给他送酒席了。地方上都想:要是再那么弄,不是费力不讨好吗？谁知这个阎大善人见人家这样，却认为人家是故意怠慢他，说："我阎某人费尽了千辛万苦，千里迢迢带了银子、拿着东西，来到你们山西这个地方放赈，这可是帮助你们地方上救济百姓，现在你们可倒好，什么都不准备！吃的东西也不预备！这不是瞧不起我阎某人吗？拿我们不当人呢，还是不欢迎我们来放赈？要是不欢迎，我立刻就给巡抚大人写封信，我们回去就是了，免得在这儿讨你们的厌。"这些地方官一见阎大善人生了气，那还了得！一个个早都吓得屁滚尿流，众人当面求大善人别走又不好使，只好委托当地著名的乡绅出面来挽留，好说歹说，总算把大善人留下了。这些地方官照旧准备大鱼大肉啥的，弄好给阎大善人送来，这大善人心里又不安了，说："我根本就不在乎这点东西，为的是你们地方怎么着也要把我当回事儿。况且我们是来救人的，不是来吃拿卡要的，身上的干粮到我们走的时候也吃不完，这么铺张浪费的酒席我阎某人可是吃不下。"不管送来的人怎么央求，就是不收，一定叫来人抬回去。地方官拿他也没什么办法，只能是憋气又窝火，都在心里骂这个大善人。有些州县不光有意巴结大善人，连大善人的师爷、二爷都给好处，让他们在大善人跟前说好话，将来大善人回去了，好在巡抚、藩台跟前说点儿好话，调换个好差事，就是不说好话，也千万别说坏话，因此，这一路上大善人可是相当地威风。

这一天来到了太原地界，这太原是山西的重灾区。阎大善人是很有见机行事的能力，知道如果再像从前那样耀武扬威，在这种非常时期，被那些乡下老百姓瞧见，肯定会恨死自己，没准儿一拥而上，把他撕巴了，吃他的肉，喝他的血啊。于是赶紧吩咐手下人分成三四伙儿，都装作是逃荒的饥民，也不坐车，硬是走了十几里，毕竟安全第一。直到进了城，见了太原的地方官，才声张了起来，说是阎大善人到了。巡抚大人得了信，不等他来拜见，自己倒亲自去拜见他，说了很多仰慕感激的话，一口一个"阎老先生"，又通知下面的大小官员一定要把阎大善人招待好了。阎二先生的官儿虽然只是个知州，比巡抚要小得多，然而这回他是赈灾来的，于是便摆出一副他大善人的架子，连巡抚大人他也不放在眼里，竟然管巡抚大人叫某翁，自己称兄弟。其实这位巡抚是最讲究官场上这些礼节的，但是现在为了要银子赈灾，不得不仰仗于他，正是拿人家的手短啊！巡抚大人心里虽然一百个不高兴，但是也只能先忍着，表面上是尽力恭维，内心里却在想：等哪一天你落在我手里，有你好瞧的！

　　阎二先生头天到了太原，第二天就派了手下人调查户口，核实后把带的钱米分往各处。大善人白天穿极破的衣服和众人一起做事儿。不管这大善人是出于什么心理想要做善事吧，但他的捐赠救活了、帮助了很多人，这倒是一点儿也不假。

　　光阴似箭，一晃儿阎二先生在太原已经足足放了两个多月的赈，又安排了些善后的事宜，功德确实做了不少，当然银子也花了不少，不但山西百姓歌功颂德，就是山西的官员们，也是没有一个不感激他的。这阎二先生见自己在这里的威望那么高，心里好不得意。他这个人本来就有点儿心胸狭窄,有了这次赈灾,更是有点儿目中无人,好像天底下人除了他之外就没有一个好人似的。见了巡抚大人,便把他所见到的那些地方的大小官员一顿评价,某某人如何不好,一半公怨,一半私仇,到头儿来竟然没有一个好人。巡抚大人听了,当时非常生气,吩咐藩台把情节较重的撤了几个。

毕竟阎二先生的架子太大了,得罪的人也不少。起先是他到巡抚大人面前说人家不好,后来渐渐地有人到巡抚大人面前说他不好了。人众我寡,一张嘴如何说得过众人。巡抚大人想想他前面做过的事,见了他的那副傲慢样子,心里很不舒服,尤其是竟然和自己称兄道弟,真是不知道高低,因此便将机就计,上了一个折子(官员写给皇帝的奏章),极力举荐阎大善人留在山西当官。

折子一上去,朝廷自然是没有不答应的。朝廷的批文回来后,这巡抚大人也不声张,把批文藏在袖子里去拜见阎大善人。见面之后,巡抚大人又当面大大地赞赏了阎二先生,慢慢就露出想留他在山西为官的意思。阎二先生听了,还以为是巡抚大人敷衍他的话,于是本性难改,还在那儿装腔作势,又说了许多自抬身价的话,说什么"现在山东等地方都等着我去放赈呢,我顾了你们便顾不了别处。现在除非是朝廷调我到贵省任职,那是没办法的事儿。除此以外,无论是谁都留不住我的。"巡抚大人听到这儿,微微一笑,从袖子里取出批文,递到他的面前,此时也不称他什么"阎老先生"了,只说了一句话:"现在有朝廷批文在此,老兄你自己看吧。"阎二先生一听大惊,赶忙接在手中看,原来批文前面是山西巡抚的折子保举他，留他在山西的一段话，后面是朝廷的批复，大意是同意留阎某人在山西任职之类的话，大概也就十几个字。阎二先生看到这里，一时是又惊又喜，两手拿着折子放不下来了。惊的是："他在我面前从未提过半句，凭空的一个折子竟然把我留下了。"喜的是："我本是一个没有省份儿的人，这知州只是个名头，并没有真正归自己管的地方，现在没准儿会有机会呢。"这阎大善人忘了巡抚大人还在，竟然想出了神："如果我留在山西，和巡抚大人就是隶属关系了，不能再像以前那样称呼。一旦要我恭顺吧，其实也不是心有不甘，只是一时面子上过不去。以前是平起平坐，现在是'大人''卑职'，未免叫不出口，多让人难为情啊！"他在那里犹豫不决，发了半天愣，忽然转念一想："他既然能够保举我，便是我的知己了。古人说：'士为知己者死。'我既然感他的恩，就该叫声大人，有什么不可以的呢？"主意打定，阎二先生于是放下折子，慌忙离座，恭恭敬敬给抚台磕了个头。磕头之后，他接着又请了一个安，说了声："卑职蒙大人提拔，还请大人多多栽培！卑职情愿伺候大人，替大人效力！"巡抚大人可是一点儿也没摆架子，还是像以前一样和他客气。此后凡是阎大善人有事儿来见，巡抚大人都是立刻就见。渐渐地山西巡抚下面的官员都认为阎大善人是巡抚大人的大红人，在巡抚大人面前说一是一，说二是二，因而官场上有些人就去讨好他、巴结他。这阎二先生起初还同人家客气，到后来习惯了，也就不客气了，自己也觉得和巡抚大人的关系真的非同一般。

又过了些日子，他带来的银子用得也差不多了，因为要在巡抚大人面前讨好，就又打电报到上海汇了十几万来。起先银子都归他一人经手，除掉放赈以外，并无他用。自从巡抚大人把他举荐到山西任职后，上海第二批汇来的银子，巡抚大人也渐渐地使用上了，有时借着办理善后事宜为名，向他支取一些，巡抚大人的话他是不敢不听的。十几万的银子，又是没用多久就完了。银子用完了就又再打电报到上海，人家知道他已经做了山西的官差，而且银子也已用掉不少，可能不需要再接济了，因此以后的钱便来得不像以前那样容易了。

而此时阎大善人正在热头上，为了一件什么事又到巡抚大人面前说太原知府不好。巡抚大人马上把太原知府撤了，就同藩台商量，想派阎二先生接任。藩台说："阎大善人本来可是知州，叫他接任知府，恐怕不太好吧。"巡抚大人把脸一沉，说："现在都什么时候了，还看这些？我以前保举他，留他在山西，就是想要重用他，现在朝廷都破格用人，你我为什么非得固守传统啊！"藩台见巡抚大人这么说，只得连声说"是"，回到衙门里，立刻贴了布告。然而藩台碰了巡抚大人一个钉子，心里这个憋屈。第二天阎二先生来答谢，只有藩台没见他。

巡抚大人不断催阎二先生赶紧上任。阎二先生的前任因为这几个月碰着天旱，一点进款也没有，都要愁死了，也高兴早交接一天早轻快一天。阎二先生选了个日子上任，这老先生一向是"俭朴"惯了的，上任的那一天，坐了一乘破轿子，名为四人轿，其实只有两个轿夫，一把红伞，一面破锣，前面喊开道的也只有一个。问那些人哪里去了，都说是饿跑了。阎二先生也不好挑三拣四的，等到拜过官印，升了堂后，从师爷到衙役总共也就八九个人的样子，点名的时候竟然同一个人上来答了好几趟，再看他们穿的衣服都同叫花子一样。阎二先生手里早捏着一把汗，知道荒年没有收成，这个官是捞不着好处的，只得将计就计，姑且做个清官，也好得上司的赏识。自己是新来的知府，可是上任以来，这些手下人竟没有一个来表示一下的。更让人难以接受的是半个月来，大小的案子也是一桩也没有。阎大善人在山西放赈这么久，自然知道太原府的百姓大概是死的死，逃的逃，所剩已经无几了。阎大善人当初放赈救灾来到这里，到现在做了这个清闲自在的知府，总算没白忙活儿。

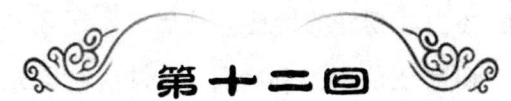

第十二回
急性唐二乱子赴京进贡

唐二,排行老二,是上海湖州人,因他老子曾做过几任大官儿,所以家里很有钱。唐二是官少爷出身,十八岁时他老子花了不少的银子,给他弄个知府当,但是唐二却一直跟在他老子身边,并没有出去做官,主要是因为这个唐二自小有个毛病,喜欢抽鸦片烟,十二岁就上了瘾,每天抽烟的银子就要八九钱。有一年夏天他出门去拜访一个客人,只穿了衣帽,没穿衬衫就出去了。同主人说着话,不知怎么的就把茶碗打翻了。像这样的事不知道有多少,一天到晚,少说也得闹出两个乱子来,因此大家就送他一个美称,叫"唐二乱子"。

话说这一年,也就是唐二乱子二十一岁的这年,唐老爷子因病去世了,唐二乱子服满了三年孝后,又在家里享了一年的清福。一天,他忽然想到上海去逛逛,打算花上一两万去玩玩,顺便再讨两个姨太太。到了上海,虽然有很多同乡,但是因为他一直在外头,平时和这些老乡也没什么来往,所以彼此关系就很一般。正好他表兄何孝先刚得到一份公差,负责山西赈灾的事儿。唐二乱子于是找到了他表兄,当天何孝先就请他吃了大餐,给他接了风。吃完饭后,何孝先又请他出去玩儿，还引荐相好的给他。这唐二乱子还真是名副其实，席上的一切都让他给搅和得乱七八糟，何孝先满肚子的不愿意，但也知道这个表弟就是乱人一个，和他讲道理那等于对牛弹琴，好在唐二乱子烟瘾很大，也没做什么别的事儿，所以也就乐得让他随心所欲了。

这唐二乱子没事儿愿意买东西，不说别的，就说香水，一买就是一百瓶。要是买雪茄烟，一买就买二百盒，买别的东西，也是这样。

就这样，一连过了十几天，何孝先见他花钱如流水，于是找个空闲时间就怂恿他不如花钱买个好官儿做，又说这才是正经事。唐二乱子问怎么去办理这件事儿，何孝先就一五一十地告诉了他。因为这唐二乱子是有钱的人，大头做惯了，多花几个钱根本就不在乎，于是何孝先就没说这事儿可以打折的话，只是说总共一万几千两银子就可以，而且保准儿还能弄个好职位。一席话说得唐二乱子心痒痒的，跃跃欲试，但是他带来的银子，已经没多少了，不够办这事的了，所以赶忙和何孝先商量，要派人回家通知家里汇银子来。何孝先对唐二乱子的底细一清二楚，说："一万几千两银子，就凭表弟你的名望，到哪儿借不到，何必非得要家里汇来呢？"唐二乱子说："本来我自己也等着用钱，现在正好要办事儿，所以干脆就派人回去多弄点来。"

何孝先是怕时间长了出什么差错，事情办不成，而且想要买官儿的人不知道有多少，如果拖久了，被别人弄了去，那可是后悔都来不及啊。于是他盘算了一会儿，就说："表弟，你如果要办这件事儿,就必须要抓紧。我昨天还接到山西巡抚衙门里的信儿,人家也不是会一直卖官的,这种机会是可遇而不可求的啊,如果错过了,那多可惜!依我的意思,这万把两的银子,我先替你付着,不过不能白给你用,你得给我两个利钱,一个月、两个月不还我都行。你要是同意,我马上就回去办,这事情如果办得快,不到一个月就能得到朝廷的旨意。事在人为,没准儿两三个月,只怕已经委任你个好职位也说不定呢。"一席话说得唐二乱子非常高兴,连说:"那就托表兄替我借银子吧,利钱照算,欠条我写。"何孝先见表弟的买卖做成了,心里高兴,也就拍上了他表弟唐二乱子的马屁,有事儿没事儿,就今天看戏,明天喝酒的,弄得这唐二乱子每天舒舒服服。

唐二乱子每天都要抽大烟,在睡觉这个问题上,基本上是颠倒了黑白。何孝先便劝他说:"表弟啊,你不久就要出去做官了。像这样天天抽大烟,总得睡到天黑才能起来,如果把你安排在外边任职的话,自由自在的,倒也没什么要紧的,但是万一在京里怎么办呢?不信你就先进京打听打听,京里的那些大官儿,哪一个不是三更半夜就起来上朝的。老弟,别的事儿我不劝你,这个起早的事儿我劝你还是早点练练吧。"唐二乱子说:"要说起早,我不能。要说晚睡,我却办得到,等到太阳出来了再睡,我也能。我如果在京城当差,就是一宿不睡,也能大早儿去见他们。"何孝先说:"人家大人们上完朝,还得到衙门里办公事,等到回到自己家一般都是过了吃中饭的时候了。你去早了,也见不着他们。就算你不在京城,在外供职,即使你一宿不睡,一直挨到天亮,难道说你见过巡抚,别的人都一个不见了?如果上头有事儿叫你立刻去办,你难道能说等你回去先睡一觉,起来再去办?简直就是笑话嘛!"唐二乱子想了一想,说:"表兄,你的话不错,那我就从明天起,按你说的练习起早。"

这一夜唐二乱子果然早睡了,临睡的时候又吩咐管家:"明天早上一定叫我。"管家答应着。你想啊,这唐二乱子一直是晚睡的,突然早睡,要是能睡着那才怪了,因此他从躺下开始就在床上翻来覆去的,鸡都叫了好几遍了,他还是两只眼睛瞪着,结果这一瞪就瞪到了天亮。窗户上有阳光射进来的时候,才刚要睡着,结果管家就来喊他了,一连叫了三声,终于把他喊醒了。唐二乱子心里这个难受,刚要张嘴骂人,忽然想起:"哦,对了,今天是我叫他喊我起早的。"于是什么也没说,揉揉眼睛爬了起来。管家赶紧给他打了洗脸水,又买了早点。众管家都知道少爷今天起得早,恐怕得困,更怕他熬不住,所以就拿鸦片来给他提神,于是两个管家,一个递烟一个装烟,伺候这唐少爷足足抽了三十六口。唐二乱子刚坐起来,却马上又打了两个呵欠,正想倒下去睡会儿,却看见何孝先来了。何孝先一见他起得这么早,真是打心里高兴,想不到自己的话这么好使,忙说:"你能这样发愤图强,将来还有什么事做不成啊。"唐二乱子还故作轻松地一笑,其实不知道他有多痛苦。

这一天何孝先又劝说唐二乱子进京去送礼,从皇上到本省的巡抚大人都要送一些。唐二乱子说:"我想这趟进京,正巧赶上皇上寿辰,总得进几样贡才好。你替我想想,这趟贡得需要准备多少银子呢?"何孝先说:"少了肯定是拿不出手,我想总得两三万两银子吧。你看呢?"唐二乱子嗤地一笑,说:"就两三万银子吗,至少也得十来万吧?"何孝先说:"你准备贡礼就十来万,你还得孝敬帮你送礼的人,这些都加一起那得多少啊?你不求人,这东西谁替你孝敬上去啊?"唐二乱子说:"自己送。"何孝先说:"说得容易,不经公公的手,他们能让你把东西送到皇上面前吗?要是他们经手,就得给他们钱。你要送的东西就值十万,再加上其他的费用,你就想想吧!"唐二乱子说:"我们可是世家,如今连那些狗奴才都要去孝敬,这还了得!"何孝先说:"你不信,那你就试试看。"唐二乱子说:"我才不管呢,这种钱我怎么着也是不会出的,现在还是说说买什么贡品吧。"何孝先想了想,说:"买电气车吧。"唐二乱子虽乱,这时反倒不乱了,连说:"不行!不行!这种车我在马路上见过几次,我觉得这车速度太快,容易闹出乱子,宫里头哪容得了这家伙,不中!不中!"何孝先又说电气灯,唐二乱子说那不是什么新鲜玩意儿。后来又说了几样,都不中意。最后还是唐二乱子自己想出了四样东西:一个玛瑙瓶,一座翡翠假山,四粒大金刚钻,一串珍珠朝珠。接着又费了好大的劲才把几样东西弄齐,先定下,等钱一到就来取。

转眼间又过去了半个月,唐二乱子赶紧进京。正巧山西电报也来了,说是买官的事儿基本上定下来了。收到电报之后,唐二乱子很是高兴。过了一天,又接到了家里的来信,说是已经汇来了十多万两银子。银子取出来之后,先还了何孝先的垫款,又支付了置办贡品的钱,然后买了船票准备进京。

在路上走了很多天,终于到了北京城。唐二乱子从小就娇生惯养,如今又是轮船、又是火车的一顿折腾,害得他叫苦连天。幸好预先就托人在顺治门外南半截胡同租了一座房子,到了北京后他马上就住了进去,一连大睡了三天。醒来后又叫人请大夫给他把了把脉。大夫把完脉出来后和管家说:"你们老爷只不过是在路上累着了,没什么大毛病,休息两天就没事儿了。"管家连忙摇手,说:"先生,你千万别这么说,你要说他没病,那你以后可就没生意了,你一定要说他有病,而且说病得很厉害,开的药要多,价钱要高,最好每剂药里都有人参,他看了才会高兴,说你有本事,明天还会请你来。"大夫说:"人参虽然是补品,可不是什么病都可以吃的。"管家说:"你不知道,我们家少爷吃药,不过是喝上一口就吐掉,我们也知道他没什么病,但药还是要吃的,而且越贵越好。我们已和对过儿药铺里说好了,方子上要有人参,价钱尽管高,赚了钱一家一半。先生,你要是想生意好,要想我们天天来请你给看病,你的医药费就不妨多要些,二十两、三十两,尽管开口;要少了,他还瞧不起你。这个钱我们也是一家一半。告诉你,我们讲的都是真话,可不是玩笑话。我们少爷是有钱人,这钱可是不赚白不赚啊!"那个大夫连连答应着走了。到了第二天,唐二乱子果然又派人来请。那医生便向来人说:"你们家少爷病得可不轻,不能耽误了,一天最好看三趟。"又说:"为了给你们少爷看病,别的生意我可是都不做了,专心给你们少爷看病,也不多要,就二十四两银子看一趟吧,外加四元六角的挂号费。"唐二乱子哪在乎这几个钱。开的方子也确实都有人参什么的,一副药就要好几十两。唐二乱子吃过之后,连称:"这大夫有本事,果然病好了许多了。"又过了几天,才出门活动。

这次进京,为的是给皇帝进贡,于是唐二乱子见人就打听进贡的规矩。也不管什么地方、不管有人没人,一顿胡吹乱侃,他还说:"我这份贡品值十几万两银子,最少也得赏个三品的大官儿做,我这钱才算花得不冤枉。"人家听了,都说这小子傻,这些话怎么能随随便便地说,可这唐二乱子却一点儿也不在乎。

唐二乱子有个大舅子,姓查,号珊丹,大家叫顺了嘴,都叫他"查三蛋"。这查三蛋在京城已经混了二十多年了,熟人很多,专门替人家拉皮条,大小事情经手的也不知道有多少,自己的日子混得很是不错。如今得知妹夫来到了京城,知道妹夫是个阔少爷,出手大方,在钱财的事情上毫不在乎,这查三蛋早有心要弄他几个钱花花。自打知道唐二乱子来了,查三蛋几乎天天跑到唐二乱子那儿,嘘寒问暖,跑前忙后,很是关心。不料唐二乱子是个大爷脾气,只希望人家巴结他,却从来不去敷衍别人。查三蛋见他妹夫不怎么搭理他,便疑心他妹夫瞧不起他,心里老大不高兴,就更想好好算计妹夫一回。

唐二乱子心里藏不住事儿,这进贡的事差不多天天跟大伙儿磨叨。查三蛋见状立即把这事揽在自己身上,说:"我里头极熟，等我找个人进去给你说说，十万银子的贡，大约花上三万银子的跑腿费也就够了。"没想到唐二乱子这人还挺固执，别的钱都肯花，单单这个跑腿费就是不肯花，说："我有银子是孝敬皇上的，他们是什么东西，要我孝敬他们？做皇上的官儿，是奴才；他们伺候皇上，不也是奴才吗？我为什么要送钱给他们用？我有三万银子干什么不好，为什么给这些狗奴才？"查三蛋说："阎王好弄，小鬼难缠。他们这些人就是小鬼，你同他们计较什么？见上司还要红包，见皇上就不要红包了吗？这进宫送礼，从敬事房开始，里里外外有四十八个地方，一千多人等着分这笔钱呢，少了他们的，想要把礼送进去那是不可能的。"唐二乱子一听大舅子要他花钱，心里这个不高兴，闭着眼睛，摇头不说话。其实查三蛋说的都是实话，劝他出三万两还真就是为了应付那些人。唐二乱子因为大舅子这个官儿太一般，早就瞧不起他，现在见他想要办这事，越发起了疑心，所以彼此话不投机。查三蛋见妹夫根本不相信，也很生气，就更不想真心给他办事儿了。

此时想巴结唐二乱子的人还真不少，大家一见二人话不投机，有个想讨好唐二乱子的就私底下和他说："我认得军机处的一个王爷，只花一万两银子，这份贡礼就能托王爷给你带进去。有王爷的面子，还怕上头不收？王爷在军机处，这事情由他经手，将来上头有什么恩典，少不得还得通知王爷。他得了你一万两银子，一定会给你尽心办的。想要做官那还不容易！"唐二乱子信以为真，从此便不理他大舅子了，把这事全托付给了那个人。那个人天天过来，催着让拿银子，又说："早送进去一天，您就可能早做一天的官儿。"唐二乱子后来就把一万两银子给了他。谁知那人钱一到手，马上就消失了。

唐二乱子又气又急，也亏得他是个直性子，等到没主意的时候，又请了他大舅子来商量。查三蛋见他妹夫又来找自己，便得意洋洋地说："你这人真是糊涂！远近都不分。我是你大舅子，能骗你吗？你可倒好，不听我的，偏要听别人的，现在怎么样？一万两银子飞了吧？"唐二乱子说："这些话还说它干啥，都是我不好，一万两银子丢了就丢了吧，也算不了什么。"查三蛋说："我叫你出三万两银子跑腿费，你嫌多。现在又搭上一万，倒说算不得什么。真是不知道你咋想的？"唐二乱子一声不响，闷在那里抽大烟。查三蛋又说："京城里这种骗子很多，一不留心就会上当，骗了你的银子就消失，你要找他，上哪儿找去？那个人叫什么名字？你怎么认识的啊？"唐二乱子说："只知道那人叫文明，是个满族人，还是那天喝酒认识的，他说他在内务府（清朝管理宫廷事务的机构）当差，住在城里石驸马大街。我想他既然是内务府的官，一定里头的信息是很灵通的，所以就托他去办，哪知道竟然上了他的当，真是气死我了！"查三蛋说："这不是在开玩笑吗？他既是内务府的人，不在里头当差，倒跑到外面来了，哪有这个道理！也好，'吃一堑，长一智'，这事儿都过去了，不说了，我们商量商量现在怎么办吧。"

唐二乱子说："我已经赔了一万，现在你再要三万，那不是总共要花去四万？我嫌多。如今我只肯再出两万，连被骗的总共三万，也算符合你说的数了。"查三蛋说："一万银子是你自己愿意被人家骗去的，和我有什么关系？又不是我骗你的，你这话可笑不可笑？"唐二乱子说："我不管，我的账就这么算。"查三蛋低头一想："你的算盘既然是这样的打法，我如今并没有叫你多拿一分。你无论在哪里花钱都很大方，唯独和我这个大舅子斤斤计较，而且我办的还是你最关心的事儿，你这样对我，我也犯不着拿好心对你。看来不让你再上一次当，你还会是个糊涂蛋。"主意打定，便说："既然你只肯出两万，那我就去和人家商量商量，如果他们肯收，我又何苦要你多花钱呢？"唐二乱子觉得他大舅子这句还像句人话，满意地说了声："费心了！"

查三蛋告辞出来后，便去找常和他一起办事的一个公公，告诉他有这笔买卖。公公不等他提价钱，先说："三爷的妹夫也不是外人，我们一定竭尽全力。"查三蛋说："不能这么说。"便附在他耳边低语，告诉他如此这般这般，然后又说："我们虽然是亲戚，但是他太瞧不起人，只肯出一万银子的跑腿费。他是有钱的人，不是拿不出来，而是不肯花，让他多花两个没关系。"公公一听，他们是实在亲戚还这样，自己也要多敲他两个。连忙堆下笑来说："他是什么东西，连亲戚都不认，真是岂有此理！就是三爷您不吩咐，咱也会收拾他，叫他先把一万银子交进来，咱就去给他办，叫他后天十点钟把进贡的东西送上来，等他到了这里，咱们自然有法子收拾他。"

查三蛋连声答应,连忙回到唐二乱子的住处和他说:"就交两万银子的跑腿费,由我认识的一个大总管替我们到上头去说,叫你今天先把跑腿费送去,后天大早儿再把要进贡的东西送进去。"唐二乱子说:"怎么样?我就说这些人是无底洞,多给他多要,少给他少要,不是我不舍得,要不然是不是又白白搭上一万?你看现在多好!"说着,便叫人到钱庄取了两万银子交给查三蛋,让他料理这些事。查三蛋银子到手后,自己先扣下一半,把另一半交给了公公。

到了第三天,唐二乱子起了一个大早儿,叫人抬着进贡的东西,查三蛋在前面引路,唐二乱子自己坐车跟在后头。从八点钟起身,一直走到九点半钟,约莫走了十来里路,到了一个地方。查三蛋下车说:"这里就是宫门了。闲杂人等是不能进去的。"查三蛋一摆手,叫众人都退了去,唐二乱子也只好下车等着。等了一会儿,只见里头走出两个人来,穿着靴帽袍子。查三蛋便招呼唐二乱子,说:"门里出来的就是总管的手下,贡礼交给他们就行。"唐二乱子一听是里头的人,连忙走上前去,恭恭敬敬地请了一个安,称:"唐某人现有孝敬皇上的一点儿意思,请老爷们代呈上去。"起先那两个公公见了他,大摇大摆的,一句话也不说。后来听他说话,便拿眼瞧了他一瞧,说:"你这人好大胆子!皇上说过了,今年不准送贡礼,你又来进什么贡?你是什么官?"唐二乱子说:"道台。"公公说:"亏你还是个道台,不是个戏台!我问你:'你这官是怎么来的?'"唐二乱子说:"山西赈灾时蒙山西巡抚保举

唐二乱子进贡

的。"公公说："不就是花钱买来的吗？还说什么赈灾,说得倒好听,我一见你,就知道你一定不是真才实学挣来的。不准进贡的事儿天底下谁不知道,单单你不遵旨。今儿若不是看在查老爷的面子上,一准儿定你个'胆大钻营,卑鄙无耻'的罪,下去等着吧。"说完转身走了进去。

唐二乱子这一吓,早已吓得浑身是汗,连烟瘾都吓回去了,歇了半天,问道："我这是在哪儿啊？"查三蛋一见他这个样子,知道他是吓傻了,立刻就走过来用袖子把他头上的汗擦了擦,对他说："当初我就说钱少,你不听我的。可恨这些人,我来同他们说,他们连我都骗,既然两万不够,怎么当时不和我说清楚,却现在让我难堪。"

此时唐二乱子稍稍好了些,回想起刚才公公的话很是害怕,又记起最后还叫他"下去等着"这一句来,越发急得话都说不出了。只听查三蛋附在他耳边说："今天的事儿可不太好办了！看来不多花些钱是搞不定了。"唐二乱子一心只想免祸,对他来说多花俩钱儿是小事儿,立刻满口答应。查三蛋便留他一人在外看东西,自己进去找刚才的那个公公,来来回回地好几趟,装模作样,最后商量好了,还要再添两万银子的跑腿费,贡礼先留下做抵押,两万银子交来,贡礼就呈上去。如果不交两万银子,不但不还东西,而且还要治"胆大钻营"的罪。唐二乱子哪敢不答应。

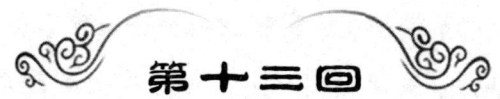

第十三回
唐二乱子骗中骗逢鬼魅

话说唐二乱子去宫门进贡,当时被吓得几乎是魂不附体,回到住处后脱掉了衣裳,就开始抽大烟来压惊,烟一抽上,头脑马上就清醒了些,不禁想:"今天这事儿,还是得怪查三蛋这混蛋,我待他也不薄,拿他当个人,托他办事,没想到他竟然如此靠不住,不能办你早说啊,我好找别人,何必今天整这一出戏呢?"越寻思越来气,明知道他不好,又不能把他怎么样,只能闷在肚子里。等过足了烟瘾,要吃饭了,一肚子的闷气无处发泄,只好拿身边的二爷来出气,自从二爷进门就开始骂,一直骂到吃完饭后也没有住口。查三蛋见他骂得没完没了,劝道:"别骂了。还是说说给人家的两万银子怎么样了吧。"唐二乱子说:"有什么怎么样?不过是我有点背,破财免灾就是了。"一面说,一面叫下人再到钱庄里取两万两银票给查三蛋。

查三蛋拿了银票要走的时候,唐二乱子却朝着查三蛋深鞠一躬,说:"大哥,这回你可照应照应你妹夫吧,你妹夫虽然钱花得起,可这钱也不是大风刮来的,我出的也不算少了!我也不敢再想有什么好处了,平安就好,大哥,你千万费心!"

查三蛋听他话里有话，毕竟是自己心虚，不禁脸上红一阵儿白一阵儿的，想要回敬他几句，使劲儿想了半天，才说出一句话来："我们是实在亲戚，我要是糊弄你，我还是个人吗？只是人家不答应，我也没啥法子啊。"唐二乱子不吱声，查三蛋打个招呼就出去办事儿了。

天都快要黑了，唐二乱子见他还没信儿，正要派人去找他，只见查三蛋兴冲冲地从外面进来了，连说"恭喜"。唐二乱子一听"恭喜"二字，忙问："银子交上去了吗？进的贡怎么样了？"查三蛋说："银子自然交上去了，贡也都进上去了，听说皇上很喜欢，总管又帮着你说话，听说马上就有旨意下来，要赏你个四品官。"唐二乱子一听："什么，四品！我原本就是二品，送了这么多东西，怎么倒成了四品？不是弄错了吧？"查三蛋说："这个倒不知道，但是，是皇上的恩典，不管怎样你都得感激。虽说现在你是二品，但那是你自己花钱买来的。现在这个虽然是四品，却是皇上封的，能一样吗？"到底唐二乱子也没什么见识，自己被查三蛋蒙也不知道，还觉得查三蛋说的可能有点儿道理。

唐二乱子的心里其实一直不认可，但现在事情都这样了，也没有什么办法了。

第二天，唐二乱子谢恩回来，本来身体不好的他，累得无精打采，回到住处就歪倒在床上，心想："我花了差不多十五万银子，只弄到这么一丁点儿好处，真是不划算。"他正一个人低着头乱想，忽然看见管家拿了一张名片进来，说是有客人来拜见。唐二乱子见名片上写着"师林"两个大字，知道又是满族人，立即问道："我不认得这人，他是谁？来见我干吗？"管家说："小的也问过来人，他说他是内务府堂郎中（内务府下设官职，负责内务府内部的官员选拔和各项事务的考核）的兄弟，知道上回那个叫文明的文老爷拿了您一万银子却没把事情办妥，如今这一万银子的事儿连总管内务府大臣都知道了，非得让堂郎中查个明白，堂郎中没时间，就让自己的弟弟师四老爷来查查是怎么回事儿。"唐二乱子这些天一直觉得这么多银子花得冤枉，心里正疼着呢，一听这话，心想："那件事儿内务府的人怎么会知道呢？见见这个叫'师林'的，说不定被文明骗走的那一万两银子没准儿能找回来呢。"想到这里，马上吩咐一声："请！"

不一会儿，管家领着一个人进来了，这人身上穿了一件米色的亮纱开气袍，竹青色的衬衫，头上戴着帽子，脚下穿着千层板的靴子，腰里是羊脂玉的扣带，四面挂着什么眼镜套、扇套、表帕等，大襟里掖着小烟袋，前前后后都已挂满各种玉件，走起路来叮叮当当，相当悦耳。进门的时候，手里正摇着团扇，鼻子上还架着一副大圆墨镜，直接走到会客厅坐下，等了一会儿，见主人出来了，这人慌忙摘掉眼镜，把团扇也赶紧收了起来，因为是头一次见面，深深鞠了一躬，唐二乱子也连忙还礼，相互客套了几句，才各自坐下。

这个师四老爷见了唐二乱子，先说了不老少仰慕的话，又说："兄弟常听家兄提起您的大名，只是无缘一见，今天家兄派了我来查那件事，想必您已经知道了吧？"唐二乱子说："刚刚知道，兄弟实在感激不尽。有机会一定去给诸位大人和令兄请安。"师四老爷说:"都是一家人,何必说两家话?"唐二乱子说:"那个姓文的和四哥同在一个衙门共事儿?"师四老爷说:"兄弟在银库上当差,那姓文的在外头干些零活儿,虽然是在一个衙门,却不认识,不过知道有他这么一个人。现在是上头总管大人知道了这件事,不瞒老哥说,这种事情欺上瞒下是常有的。总管大人知道了这件事后很生气,说:'他这么弄,不是砸我们内务府的牌子吗?'马上就要撤了那姓文的,还要处理他。后来是家兄出了一个主意,说:'那些钱文某人到手也没有几天,应该不能那么快就被他挥霍掉,我们先吓吓他,让他把银子交出来,这样一是可以把银子归还给原主,二是还砸不了我们内务府的牌子。'总管大人觉得有道理,就答应这么办。哪知家兄虽然把这件事揽了下来,但是无奈一天到头事儿太多,始终就没有工夫管这件事,今天总管大人又问起这件事情办得怎么样了,家兄无奈只好派兄弟过来先问问详细情形,好想一个法子。"唐二乱子说:"您费心了!"说着便把事情经过细述一遍,又说:"并不是兄弟舍不得这一万银子,只是在情理上说不过去。"师四老爷说:"是啊,哪有拿了人家的银子不给人家办事儿的道理。等回去告诉了家兄,再过来答复您。"

于是二人又说了些别的,唐二乱子也着实恭维了师四老爷一番,又问他住处。师四老爷说:"家兄和兄弟我都是一天到晚不在家的时候多,有什么事儿,兄弟过来,千万不敢劳驾,免得您老是白跑。"说完,起身告辞。临上车前,又再三作揖,叫唐二乱子千万不要回拜。唐二乱子只得答应着。回到屋里，唐二乱子心情好了不少，心想："那一万银子被骗得真是可恨！想不到还有些回来的希望。呵呵！银子是小事儿，重要的是可以堵住查三蛋的嘴。"心里盘算着哪天请这个师四老爷吃个饭，还还人家的人情。

这个师四老爷办事儿倒是快，第二天一大早便改穿了便衣过来，说："昨天兄弟回去之后，就把详细情形告诉了家兄，家兄当时就把那姓文的找了来，你猜那姓文的是谁？"唐二乱子说："不知道。"师四老爷说："他就是福中堂的亲侄子，他叔叔现在发达了，但因为这个侄儿没出息，不干啥正经事儿，所以他叔叔一点儿也不肯照应他，让他一个人在外面瞎混。这小子还常常打着他叔叔的旗号，在外头招摇撞骗，糊弄人家的钱。福中堂知道后，打过他好几回，可他就是没记性。总管大人看在他叔叔的面子上，常派他个小差使，让他混两个钱花。但是大一点儿的事情却不敢派他，怕他闹出乱子来。如今可好，竟然把总管大人的旗号打出来了。家兄一想，这件事如果要认真办起来恐怕不太好，不但姓文的担待不起，就是老哥也会落下不是的。再说句实在话，福中堂的面子上也不好看。平时他老人家虽然恨他侄儿，但如果有什么事情，怎么着也是人家自己的侄儿，一笔写不出两个'文'不是？就是老兄也犯不着因此得罪了福中堂啊。所以家兄一听是他，心想这事儿必须办圆满了。当时找到他之后，衙门里说话不方便，家兄就请他上馆子，吃到了一半，才用话试了试他，起初他还抵赖，后来被家兄点了两句，他才无话可说，最后自己承认了，还说自己是一时糊涂，求家兄替他想法子。

家兄看他这样心软了下来，心想吓吓他，便说：'你这件事做得也太不应该了！人家都已经把你告了，不久就要捉拿你。总管大人今儿早上得了这个信儿，气得不得了，已禀告过你叔叔。为了内务府的名声，不得不拿你公事公办。'谁知这一吓，这小子马上在馆子里就给家兄跪下了，求家兄给他想法子。家兄一见，忙说：'这是什么地方！有话快起来说，被人家瞧见算怎么一回事儿？'家兄叫他起来，他也不肯起，后来好不容易才被家兄拉了起来。家兄就问他：'那钱你动过没有？'那姓文的回答：'刚弄到手，这两天听外头风声挺紧，昨天才用了九百几十两银子。'家兄说：'这就好。现在你把那没动的九千零几十两银子拿了来，我替你想法子去，保你没事。'姓文的说：'总要想办法不让那姓唐的告我才好。'家兄就说：'唐大人那里，有我们兄弟俩替你求情，这点儿面子总还有。'"

唐二乱子一听，一万银子还有九千多能收回，连忙说："别说是还能找回九千多，一分也找不回来，只要兄台一句话，兄弟无不遵命。兄台的大恩，兄弟一定铭记于心。"师四老爷说："咱们都是自己人，还说什么谢的话！你快别说了，说这话多见外啊！"唐二乱子说："老哥话虽是如此说，但兄弟的心里确实无比地感激啊！"师四老爷说："兄弟的话还没说完呢。家兄见他肯把九千多银子拿出来，等到吃完了饭，和他一起坐车到他家里，叫他把银子一五一十地通通都交给了家兄，点过数目后，家兄又到衙门里找到兄弟，叫兄弟先过来给您送个信儿。那姓文的银子，家兄已经拿到手了，却没想到已经被他用了九百多两，没法归还，总管大人那儿也不好交代。如果为了这九百多两银子，弄得姓文的差使丢了，一来他叔叔面子上不好看，二来家兄骗他这个九千多银子出来，原是答应保他没事儿的，现在不好失信于他。但是银子只有九千零几十两，也不好拿来还给您。我想等兄弟我有钱的时候呢，这几百银子就替那姓文的垫上，给他长长脸。现在先和老哥说一声，等将来老哥银子到手后，把那九百多两还了我就行，大家都是朋友，也没什么说不清楚的，只是兄弟我应酬大，钱本来就不怎么够用，总是拆东墙补西墙。谁能相信兄弟我连区区九百多两银子都垫不出来，要不是和老哥一见如故，兄弟能说这话吗？"唐二乱子说："笑话，兄台这么用心替我办事儿，我都已经愧不敢当了，现在又怎么能叫兄台垫钱呢？不就是少了九百多两银子吗，兄弟认了，兄弟也绝不会让那文某人把钱吐出来，一来是顾全福中堂的面子，二来我在哪里不是交个朋友？还求兄台代我回复贵衙门里的几位大人，这九百多两银子就说我姓唐的情愿不要了，无论如何请各位大人不要再追究这件事儿。"

师四老爷连忙说："您不在乎这九百多两银子，我们都知道，不过那姓文的总得把那一万两银子还给您，由他完完全全地交到总管大人手里，再由总管大人完完全全交给老哥，然后大家都有面子。如果少了一分一厘，那姓文的就不能向上头交代，上头也不能交还老哥。就是老哥您真不在乎，但这事儿终究对我们衙门的名声不好。现在用了这九百多银子，总管大人还不知道那姓文的拉住家兄替他想法子呢，所以家兄叫兄弟过来转达：不看别的，就看在他叔叔福中堂的分儿上，由老哥您这边先借给他那九百多银子，把一万数凑齐了好早点交给上头，好在这笔钱终究是要归还老哥的。将来老哥一同收了回来，彼此都不说，这样不但成全了那姓文的名声，顾全了他叔叔福中堂的面子，还保全了我们衙门的名声。到时候我们衙门里的人没有一个不感激老哥的。至于老哥说什么道谢，我们衙门上下已经多亏老哥保全了，还哪敢要什么好处？就是老哥您有那份心，家兄和小弟也万万不敢要的。"

唐二乱子听了他的话，心里盘算了一阵儿，想："这是拿我自己的钱去给他们买面子，这事儿原本没什么不可以的，但我同这姓师的才第二次见面，一来人心叵测，二来他哥是堂郎中，他自己又管着银库，这么发财的官，连九百多银子都垫不出来，这事儿谁能相信？我已经一错再错，还是事事小心的好。"主意打定，便说道："老哥你看这样行不？姓文的用掉那九百多我不用他还给我，追回来那九千中，我拿出一千两作为您和您家兄的谢礼。这件事儿也别惊动总管大人了，干脆咱们大家私了吧。"师四老爷也知道他可能内心怀疑，不肯拿出那九百多两银子，便说："这也怪不得老哥，兄弟同老哥刚认识没两天，那姓文的九千两银子还没有拿回来，反叫老哥先拿出九百多两，无论谁也不能相信。"唐二乱子忙说："并不是不相信四哥，图的是大家省事儿不是？"师四老爷说："这事儿原本就是总管大人派下来的，怎么能不回复？这事儿也是兄弟不对，不应该来和老哥商量，还叫老哥垫银子。

现在就说姓文的用掉的那九百多两不要他还,兄弟也得回去再和家兄商量商量,无论多难,总得想个法儿凑齐一万两,让他在总管大人面前走走过场。总管大人面前既然老哥不愿出面,那兄弟向家兄说,将来仍由兄弟把这一万银子的银票送过来。兄弟也不和老哥客气,老哥就预备一张一千银子的银票还了兄弟就是了。兄弟虽沾了老哥几十两银子的光,但是拿回去还可以在总管大人跟前替老哥说说话,也不用你谢我。"

唐二乱子见话都说到这份儿上了,还有什么不放心的,立刻满口答应。师四老爷又问:"老哥给姓文的那一万两银子是谁家的银票?"唐二乱子说:"是恒利家的。"师四老爷说:"这样最好,我们来往的也都是恒利家的。明天还到恒利打一张一万银子的银票来就是了。"说完就走了。唐二乱子马上吩咐人到恒利划了一张一千两的银票,预备第二天给师四老爷。另外又多拿出一千两,作为感谢费。谁知到了第二天,左等不来,右等不来。唐二乱子心里这个急啊,想:"他话说得那么坦诚,无论如何不会不来啊,难道又出什么岔头了?"好不容易等到了天黑,师四老爷终于来了。唐二乱子高兴坏了,赶忙迎了进来,师四老爷坐下后,马上又是烟又是茶地伺候。师四老爷说:"本来早该来了,无奈总管大人一定要见老哥一面,还说了老哥许多不是,都是家兄替你扛下来了,现在也不用你去见了,银子也拿了来,别的话也不用提了。为了这事儿,兄弟可是一天没吃饭了。"唐二乱子忙说:"走,咱们吃馆子去。"师四老爷说:"兄弟还有别的事儿,改天一定少不了让你破费。"唐二乱子一再相让，见他确实不去，也就不再勉强。茶还没喝几口，师四老爷就在靴子里掏出一大叠的银票，一共有十多张，翻来覆去摆弄了半天，才挑出一张一万两的银票来。刚要递到唐二乱子手里，却说："昨儿说好是要恒利的银票，这张不是。"于是收了回去，又挑了半天，才挑出一张恒利的一张一万的银票来交给了唐二乱子。唐二乱子看了看，也没发现什么不对的地方。唐二乱子见他有这么多银票，心想："到底是内务府的官儿有钱，他昨天还说没有钱垫，这话哄谁呢？"师四老爷也觉着有些不妥，连忙说："这都是上头发下来给工匠的，兄弟如果有这些钱，早就不在这里做官了。"说话之间，唐二乱子也把自己两张一千两的银票拿出来交给了师四老爷。师四老爷一看是两张，就问："这多出的一千两是怎么回事？"唐二乱子说："令兄和四哥公事忙，兄弟连一杯酒都没有请，这个只是一点儿小意思。"师四老爷眉头一皱，说："说好了不要，你老哥怎么一定要这样，叫兄弟怎么好意思呢？"唐二乱子说："这不算什么，就怕以后麻烦您和令兄的地方还多着呢。"师四老爷说："既然老哥这样说了，兄弟就收下了。"说着，就把银票也放在了靴子里，说还有要紧公事，匆匆忙忙告辞了。临走的时候，唐二乱子又问他的住处，好准备过几天去拜谢，这次师四老爷倒是很爽快地说了。

从此以后，唐二乱子就得意上了。没过几天查三蛋来了，唐二乱子就把这事儿说给他听，脸上露出一副得意扬扬的样子。查三蛋听了只是冷笑，心里也奇怪："像他这样的混蛋,居然也会碰着好人,真是奇了怪了。"谁知过了一天,唐二乱子出门拜客,赶到师四老爷所说的地方,问来问去,都说没有所谓的师宅。唐二乱子直骂车夫没用,回到家,又派人到内务府去打听,却说那儿根本就没有姓师的。唐二乱子连忙取出那张一万两的银票,赶紧派人去恒利家。柜上的人拿着银票仔细看了半天,又进去对了对票根,走出来问:"你这银票是哪里来的?"来人说:"是别人还的,怎么了?"柜上人冷笑一声,说:"这是假银票!幸亏我们是熟人,要不然可就事儿大了。你赶紧回去禀告你家老爷,查查这张银票是哪儿来的,竟然敢冒充我们家的银票,查清楚了,我们可是要追究的。"来人一听这话,赶紧回去向唐二乱子禀告。知道这银票是假的,唐二乱子气得在那儿直跺脚,大骂姓师的不是东西,立刻叫人去报了官,叫官府替他抓人。这事儿后,唐二乱子就躲在家里生闷气,一连十几天也不出门。查三蛋后来也知道了这事儿,不过只是背后和别人当笑话讲,在唐二乱子面前却从来没有点破,也算给他这个妹夫留了情面。

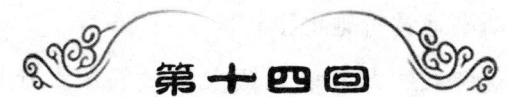

第十四回

湍府九姨太诈死把宠失

话说有个湖广总督名字叫作湍多欢,是一个满族人。这人原来就有十房姨太太,人称"制台衙门十美图"(总督常被尊称为制台)。他手下有个官员,为了讨好他,特地到外地又买了两个绝色的女子送给他,这位湍制台就好这个,一看非常高兴,立刻收下了,从此他便有了十二位姨太太,人们又称其为"十二金钗",不叫"十美图"了。湍制台当初讨十一、十二两位姨太太,据说还是因为九姨太呢。

湍制台没添十一、十二这两位姨太太之前,他的十位姨太太当中只有九姨太最得宠。这位九姨太是天津侯家后窑子里出身,很瘦,长脸,两个水汪汪的大眼睛,模样儿倒还真不错,就是脾气太刁钻了些。天生一张巧嘴,说出话来甜蜜蜜的,让人听着很舒服,也很是招人喜爱,不过如果她要是和谁不对付,骂起人来,那也是尖酸刻薄得很,完完全全的一个泼妇。在那么大的一个湍府里,她就巴结老爷一个人,而且常常在老爷跟前说这个姨太太不好,说那个姨太太不好。起先湍制台还信她的话,听她说完了就拿那些姨太太打骂出气。可湍制台就是再糊涂,也总有弄明白的一天,加上天天听她磨叨,渐渐地觉得她也很讨厌。

一天,这位九姨太又说大姨太怎么怎么不好,湍制台听得不耐烦了,冷笑了一声,随口说了一句:"我光听见你说人家不好了,看来你是哪儿都好了,我现在还真就没发现到底你比别人好在哪儿呢?我是不是得把别人都赶走了,就留你一个啊?这大姨太从前是伺候过老太爷、老太太的,就是刚刚去世的太太也很喜欢她。我不看僧面看佛面,就是看在死人的面子上,她就是再怎么不好,我也要担待她三分。你既然这么烦她,你住后院,她住前院,你别见她就是了。"湍制台一向是偏着这个九姨太说话的,今儿个忽然帮了别人,九姨太一下子哪能接受得了,心里这个气啊,她不等湍制台把话说完,早就把眉毛一竖,眼睛一瞪,伸出十指尖尖的手朝着自己的粉嫩香腮,噼里啪啦一连扇了十几下子,一边打,一边骂自己:"我知道我话说错了,我是什么东西,怎么能比得上人家?人家是伺候过老太爷、老太太的有功之臣,自然老爷您要另眼看待,既然您这么看重她,反正太太已经死了,为什么不把她扶了正?我们剩下的就一齐死了都让给她!"

湍制台平时有事儿没事儿也抽点大烟,每位姨太太屋里都备有抽烟用的东西。九姨太顺手在烟盘子里捞起一把大烟往嘴里一送,趁势身子一歪,就在地上躺下了,接着在地上又打了几个滚,两只嫩手在地上乱抓,两只小脚蹬得地板嘣咚嘣咚地响,头发也散了,头上插的翡翠簪子也折成了好几段儿,嘴也没闲着,还在那儿哭骂个不停。湍制台看见她在那儿耍,心里是又气又恨又急。气的是九姨太也太目中无人了;恨的是九姨太竟然用死来威胁;急的是九姨太刚才可是吞了大烟,如果不救,那肯定是要七窍流血而死的。事到如今,制台大人强忍住怒气,赶紧吩咐人请医生开药。药是弄来了,谁知一连灌了好几次,这九姨太就是咬紧牙关,死活不吃。湍制台急得没法子,只好自己给她赔不是,拿话哄骗她,说:"把大姨太立刻送回北京老家去,以后不准她出现在咱府上,这还不行吗?"湍制台寻思这样,九姨太就不会寻死,就肯吃药了。谁知这九姨太还是不张口,结果从头天晚上闹起,一直闹到了第二天下午四点钟,看看还有三个小时就二十四小时了,如果过了二十四个小时,那就没什么希望救活她了,就只能静等进棺材了。

湍制台被九姨太闹得早就筋疲力尽了,一想起她的脾气是这么差,不免狠狠地骂了两声。后又想到二人之间的感情,在没人的地方不免又滴下几滴眼泪。这时候房间里有许多老妈子、丫头,把地上的九姨太围在中间,都等着九姨太死呢。这制台大人却躺在对面房间的床上独自伤心。正在那儿胡思乱想,一筹莫展的时候,忽然看见九姨太的一个贴身丫头进了房来。这个丫头十八岁了,很有几分姿色。女孩儿家到了这个年纪,自然也有了心事。赶上这位湍制台又是个色中老饿鬼,无人的时候见了这丫头就常常有些手脚不老实。这丫头知道老爷对她有意思,也不免有了自己的小想法,但到底还是害怕九姨太收拾她,所以也不敢太过分。嘴上虽不说话,但是偶尔故意用眼睛一瞄,就传出无限深情。

九姨太装死

湍制台那是什么人，还能不明白这一瞄的深意？

湍制台正在那里闹心呢，见她一人进房来，顿时把九姨太的事儿全抛到了脑后，心思全移到了这个丫头身上，便招手叫她到身边来，假装探问九姨太怎么样了，其实是想和她勾搭。两个人还没说上几句话，湍制台就把嘴朝着对面房间努了努，说："阿弥陀佛！她这人居然也有要死的时候，等她一死，我就让你补上她的缺儿，你愿意不愿意啊？"说着，就伸手要拉丫头的手。丫头见他这样，本不想拒绝，但又担心让别人看见，连忙把手一缩，说："您等着吧，您想她现在会死啊？就是再等上一百年，她也不会死的！只怕那烟吃了下去，她的精神会格外好呢。"湍制台听了很吃惊，说："你的意思是她吃的不是大烟？我明明看见她在烟盘子里拿的，你不要胡说，不是大烟是什么？"这丫头说："我告诉您，您可别告诉别人。"湍制台一听这话，一骨碌从床上爬起来，也不下床，就跪在床沿上发誓说："你和我说的话，我如果和别人说了，叫我不得好死。"这丫头说："为了这么一点儿的小事，您这么大的一个大老爷也犯不着发这么大的誓啊！"湍制台也没管她说什么，只是拉着她的袖子，一个劲儿地催她快说。

这丫头说："不是三月份的时候，九姨太闹着有喜，说肚子大起来了吗？当时老爷高兴得什么似的，弄了很多补药给她吃，其中有一种药叫益母膏，叫她天天用开水冲着吃。谁知过了两个月，九姨太肚子突然就瘪了，自己说并不是什么喜，是弄错了，药也不吃了，就把剩下来的十罐子益母膏丢在了抽屉里，一直也没有人问。刚巧前天我收拾抽屉时把它拿了出来，不料被九姨太看见了，立马就夺了过去。昨儿个九姨太和大姨太拌嘴后回来，就把大姨太恨得什么似的，嘴里说："一定要老爷打发了大姨太，如果老爷不肯，我就和她拼命！"后来又说："我的命没那么不值钱，我死了，倒是让她享福，哪有那好事儿！"一面说，一面就找了个小烟盒子挑了些益母膏放在里头。九姨太挑这些益母膏的时候，只有我在跟前，她还嘱咐我不准和别人说。所以老爷您也不用着急，老实跟您说，九姨太是不会死的。"湍制台听了，这才恍然大悟，说道："这个贱人，真是可恶！竟然敢装死吓唬我！"他还要和这丫头说什么，这丫头却已经挣脱了身子，说声"我干活儿去了"就走了。湍制台只能眼巴巴看着她走，又生了一会儿闷气，知道九姨太是装死，也就不去管了，一个人到外面溜达去了。

躺在地上的九姨太见老爷现在也不管她死活了，以为老爷见她不肯吃药，没救了，所以就放弃了，九姨太自己非常后悔，她想这事情得怎么收场呢？她哪知道自己的丫头在背后说了这样一番话。想来想去，今天这事儿怎么着也得收场。等了半天，也不见老爷来。心里一合计这二十四小时就快要到了，到时候不死，不是要被人看出破绽吗？于是犹豫了半天，只好装作恶心，干呕了半天，哇地一口，吐出不老少的白沫来。旁边看着她的人都说："好了，好了！九姨太把烟吐出来了就没事了。"几个老妈子，一个捶背，一个揉胸，一个端米汤,还有一个倒开水的,弄得手忙脚乱。又听见九姨太哇的一声,把刚刚喝的米汤也吐了出来,自己还说:"我吞了大烟,让我死了不是更好?为什么非得救我,非得让我做人家的眼中钉,肉中刺!"说着,又呜呜地哭起来了。大伙见九姨太醒了过来,立刻给老爷报信儿。老妈子又拿了扫帚扫她吐的东西,结果发现吐的全是水,没见一点儿大烟的影子。

那湍制台知道了九姨太是诈死的事儿后,自己就来到了前面平时办公的地方,感觉又困又累,就歪在床上想睡会儿。迷迷糊糊地刚要睡着,没想到一个不懂事的老妈子来告诉九姨太醒过来的事,一下子把湍制台给惊醒了,气得湍制台骂了老妈子两句,说:"我早就知道她死不了,要你们在这儿大惊小怪?"这老妈子本想讨大人高兴的,却没想讨了个没趣,还挨了大人的骂,赶紧退到了后面。

这事儿过后,九姨太借有病为由,一连十几天不出房门。湍制台心里也生气,也是一连几天没出门,也没见客,更不去九姨太房里。这九姨太因为闹装死,现在是做贼心虚,所以这几天较以前安静了许多。那湍制台自从听了那个丫头的话后,从此也不把九姨太放在心上了,一门心思想把这个丫头弄到手儿。可惜这丫头害怕九姨太,心里虽然想,却从不怎么敢乱来。湍制台也怕这事儿弄不好,会把家里搅得不安宁,因此并没有太心急。自从他厌烦了九姨太,而其他的几位姨太太他又都看不上,不免每天都是无精打采的。

也是这湍制台天生就走桃花运,这几天他不出衙门,也不见客，这么大的一个官儿，一举一动做下属的谁能不留意。其中有一个候补知县，叫过翘，打听出了制台不出门的原因，也知道了该怎么做。这个人到这个省虽然没几年，但是却善于钻营，现在竟成为当地第一能手。他得到了这个消息后，不告诉别人，也不和别人商量，请了一个月的假，带了一万多两的银子，从汉口到了上海，表面上看是去上海玩儿，其实是暗中物色人。一找找了二十多天也没什么收获，眼看假期就要结束了，就发了个电报又接着请了二十天的假。最后四处托人，终于花了八百块大洋从苏州买回了一个女人带回了上海。这过翘心想：孝敬上司，怎么也得一对儿，然而上海那么大的地方竟然看来看去都没有中意的。后来有人推荐了一个，名字叫阿土，最后商量来商量去一共花了一千二百块大洋把这女人买了下来。过翘见事情都已经办妥了，钱也花得差不多了，非常高兴，又花了些钱，把这两个新买来的女人打扮得焕然一新、花枝招展，然后又买了些别的礼物，才坐上轮船回湖北了。

且说过翘带了两个女人回到自己家中后，把他大太太住的正屋腾了出来，让这两个女人住。淄制台跟前的巡捕中，有一个是过翘的把兄弟，靠着他，过翘给制台大人送了一份上海带回来的礼物，又把自己要送大人女人的意思说了。这两个月淄制台正因身旁没有一个随心的人，老是闷闷不乐的，一听这话，真是不知道有多高兴！忙说："多少钱？我给他。"过翘的把兄弟说："这是过翘孝敬给您的，他哪能要您的钱呢,就是衣服首饰,也通通由他置办齐全了送来,一分也不会让大人您破费的。"湍制台听了,皱着眉头说:"这怎么能好? 他一定花了不少的钱吧?"过翘的把兄弟说:"两三万银子过翘还是孝敬得起的,他在大人手下当差,他就是再孝敬些也是应该的,只要大人您肯赏收,给他面子,他就高兴死了。就请大人您选个好日子赶紧把两位姨太太接过去吧。"湍制台急不可耐地说:"选什么日子,择日不如撞日,今儿晚上抬进来就是了。"以前湍制台娶第十位姨太太的时候,九姨太正得宠呢,寻死觅活的,着实闹了好一阵子。这回的事情可就不一样了,湍制台因此也就没有什么顾忌了。收进了这两位姨太太,九姨太终究是无可奈何,一肚子的气没地方发泄,只能拿自己的丫环、老妈子出气,湍制台哪有工夫再理她,也就由着她,只是再也没去过九姨太的房间,九姨太弄巧成拙,彻底失去了在湍制台心中的位置。

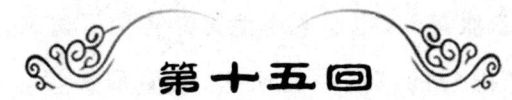

第十五回

撕札稿十二姨太太委官

　　话说这位过翘孝敬给湍制台的两位姨太太,苏州买的那位,年纪大点儿,人也忠厚些,排行做了十一姨太太,上海买的那个阿土做了十二姨太太。这个阿土年纪虽小,心眼却不少。进了衙门之后,不到半个月,一来是她自己留心,二来也是湍制台平时教导得好,居然把卖官儿弄银子的门道弄明白了一大半。当然她也知道,别人现在都不把她放在眼里,除了过翘过老爷之外,她也再没有第二个恩人了,因此便一心想着要报答这过老爷的再造之恩。其实湍制台也挺感激过翘一下就送了两个美人给自己的这份厚意,已经让他接手处理府衙来来往往的公文,在别处又兼了两个差使,而且这些都是暂时的,一直想以后如果有什么好的职位一定给他换。而过老爷本人倒也很心安。却不料这十二姨太太,一到没事儿的时候,就在这些姐妹当中套问:"我们做姨太太的,一年到头儿到底能有多少进项?"有人告诉她,以前就只有九姨太有,九姨太背着老爷做了很多事,银子少了不要,起价至少是五百,多的可到几千几万。这十二姨太太听了之后,便有心和九姨太拉关系,好学学九姨太的本事。九姨太现在已是失宠的人,见了这两位新来的,不由得就生气。等阿土来奉承她,她却高兴得不得了。这九姨太性子直,阿土来了几次后,她就把自己的生平所学所得通通都告诉了阿土。阿土那么聪明的一个人,基本上是一点就透,自己抽空就在湍制台面前练习起来。头一个是替过老爷要职位,而且是要了一个上等的好职位。湍制台怎么也要给这个新宠面子,不到三天,过老爷的任职布告就贴了出去。

过老爷自从负责处理制台衙门的来往公文后,全衙门上下,不到半个月,都被他混熟了,还结交了湍制台贴身的一个小二爷做内线,这小二爷常常到十二姨太跟前通信儿。过老爷这次得了好职位后,就是托这个人给十二姨太送了五千两银子的孝敬费。这是十二姨太经手的第一桩买卖。十二姨太见这买卖来钱实在是太容易,等到过老爷上任后,十二姨太又把衙门里的几个当差的收买了几个,凡事只要湍制台喜欢就让他们言听计从,十二姨太看准了机会就从中弄些银子。

别看湍制台贴身这小二爷年纪小,但制台大人对他几乎是言听计从,所以这小二爷在制台衙门里可谓是呼风唤雨,全衙门的人都听他指挥。而且这个小二爷也很会看形势,各位姨太太他都不巴结,单单巴结十二姨太一个。十二姨太正想有这么一个人做她的帮手,所以两人竟然串通一气,只瞒着湍制台一个人。省里很多候补的人都是因为走了小二爷的门路才得了好差使。这时那个在京城不断被别人骗钱的唐二乱子也来到了湖北省,而且已经在这儿待了很长时间了,该走的过场都走过了。但他是初来乍到,两眼一抹黑,他不认识上司,上司也不认识他。虽然也见过面,但那不过是走个形式,上司怎么会把他放在心上呢!所以凡是刚来的人,要想熬到一个差使,除非自己有门路,要不可真是比登天还难!也是他运气好,上次过翘去给湍制台买这十一、十二两位姨太太的时候,唐二乱子在路上结识了过老爷,他俩便经常来往。头一个月过老爷自己的事情一直没着落,自然就不会替唐二乱子说话。好不容易熬到了十二姨太把过老爷的事情办好了,可是过老爷这个职位却不是在省城里。过老爷要走的前两天,唐二乱子在自己的住处准备了酒席给他饯行。两人话越说越投机,过老爷就把湍制台贴身小二爷的这条门路说给了唐二乱子,自己也答应从中帮着说话。唐二乱子想想自己来了这么久,整天和这个搞关系,和那个搞关系,但就是没人肯告诉他真话,所以一直也没弄清楚哪个差事好,哪个人好使,能帮他办事儿。现在终于知道能办事儿的人了,太好了。一天他找到了这个小二爷,求小二爷帮着弄个好点的差使,这时正是十二姨太用权换钱的时候,小二爷正替她出力,便告诉唐二乱子一共拿出二万五千两银子,包他把银元局那个好差事弄到手。起初唐二乱子还不知道银元局有多少好处,后来听小二爷一说,吓得他把舌头一伸,几乎缩不进去了。回家之后,又去问别人,才知道那个差事果然好得很,于是便痛痛快快地拿出银子,托小二爷替他去办。

谁知这边才说妥了,那边湍制台已经答应了一个叫胡道的人,只要他肯拿两万两银子来,就把银元局的差事给他,也商量妥了就等着付银子了。小二爷一听不妙，一面先把外头压住，叫外头不要送信来，听他的消息，他这时正是制台大人身边的红人，哪一个敢不听。然后他赶紧和十二姨太商量计策。商量了半天，还是十二姨太厉害，说："如此这般，如此这般，只等今天晚上老爷进房之后，看我眼色行事。"小二爷点了点头，出去安排去了。

且说这天淄制台做成了这样一桩买卖之后，心里很是得意，在家里专等着那两万两银子送来呢。说好了今天送信，明天交钱的，到现在还没来，于是制台大人就催师爷，不料催了几次，一直等到天黑，还是没人送信。这么大一个制台大人，一天到晚事情不知道有多少，也不能老想着这一件事儿，忙活这忙活那，就把这事儿给忘了，偶然想起，就催上一催。到了晚上，公事忙完后，就去十二姨太房里。这两个月只有十二姨太得宠，淄制台天天到这里来。坐下之后，又想起了白天的事，接着就骂属下办事不力："说吃中午饭的时候就送信来，到现在还不送来，真是岂有此理！"话还没说完，小二爷就在门外答应上了："怎么还不送来？小的这就去催去。"说完噔噔噔地一气跑了出去。不一会儿，就带了一个当差的进来。淄制台见了，就骂当差的："白天干什么了？怎么到了晚上才送来？"说完，就在灯底下把信打开看了一遍，正要拿起笔来填上胡道的名字，说时迟，那时快，只见十二姨太一个箭步冲上来，一巴掌把淄制台手中的笔打落在地了。淄制台忙问："这是干什么？"十二姨太也不回答，只说："现在都什么时候了，怎么还有这么大个儿的蚊子？"淄制台才知道十二姨太打了他一下，原来是帮他打蚊子，于是叫人赶紧拿着灯找笔。

十二姨太乘机便问："什么公事这么着急？要写什么，就不能等到明天办啊？"湍制台忙说："的确是一件要紧事。"十二姨太说："什么事？"湍制台说："你一个女人家操心这个干什么？我这是公事，说了你也不懂。"十二姨太撒起娇来说："我偏要知道，我偏要知道。"湍制台没办法，只好说："好好好！告诉你也没什么，是要分派一个人差使。"十二姨太说："什么差使不能明天分派，非得今天晚上分派？"湍制台说："说好的，所以今天一定要分派好。"十二姨太说："到底什么差使？你要分派给谁？你不告诉我，我可不让。"湍制台说："你这个女人可真麻烦！我分派谁差使，还用得着你来管吗？好，我告诉你：就是咱们省城里的银元局，我要分派给一个姓胡的。"十二姨太说："慢着，我也有一个人要分派，这人姓唐，这个差使你替我给了姓唐的吧，不要给姓胡的了。下回再有什么好差使，你再给那姓胡的，你说好不好吗？"湍制台说："哎呀呀！分派差使也是你们女人能管得了的吗？你说的那个姓唐的我知道，那是个有名的蠢货，这样的好差使派了那样的人去怎么行？我绝不答应，你快别闹了，把笔捡起来，我填上后，连夜还得写出来，明儿早上盖了印，好发下去，也让人家姓胡的早点儿上任。"

十二姨太见老爷不答应她的话，登时柳眉倒竖，杏眼圆睁，笔也不找了，一个饿虎扑食，就往湍制台怀里扑了过来。扑到了湍制台怀里，就把头直往湍制台胳肢窝里撞，湍制台一向是宠着她的，见她这样，生气地想要说两句，却又不忍心,只是皱着眉头说:"快起来,别胡闹,这个事儿怎么能让你做主呢?"十二姨太说:"我要分派给姓唐的,你不答应就不行。"说着,顺手拿过一只茶碗来就往地下一摔,喳啷一声响,早已变成好几块了。然后又要摔别的东西,淄制台说:"我不就是不分派给姓唐的吗,你干吗拿东西出气呢?"话还没说完,十二姨太忽然把手伸到了桌子上,拿起刚才送进来的那封信,一下就给撕成了两半。淄制台急道:"你也太不像话了!这是公事,怎么能撕呢?"十二姨太也不理他,还是一个劲儿地撒娇,要分派给姓唐的。他俩在这儿拌嘴吵闹,小二爷在门口看得清清楚楚,等看见十二姨太把信撕了,便朝送信进来的那个当差的努努嘴,说:"看,信都碎了,你还不出去,还要在这儿看热闹啊?明天再送个新的来吧。"小二爷进来把笔捡起,跟着也出去了。

十二姨太见这两人都出去了,便又换了招数,弄得这个淄制台大人都不知道怎么办好了。这十二姨太一会儿要淄制台把这银元局的事情说给她听听,一会儿又要淄制台手把手地教她写字,还问唐二乱子的名字怎么写。淄制台说:"你要分派给他差使,怎么连他的名字都不会写?"十二姨太把眼睛一瞪,说:"我会写字,我早抢过来写好了,也不用你费心了。"淄制台没有办法,只好写给她看。十二姨太又嫌写得不清楚,要一笔一画地写,不能潦草。说着,又把刚才撕破的那张送进来的信,挑了个没字的地方,叫淄制台拿笔写给她看。淄制台一见是张废纸,就把唐二乱子的名字一笔一画地写了出来。

十二姨太等他写完,便说:"这么容易啊,知道了,不用你写了,时候不早了,我们睡吧。"湍制台巴不得她这么说,立刻脱了衣服上床。十二姨太顺手把撕破的那张纸和湍制台写了字的那张团作一团,一齐放在了抽屉里,又把灯光调暗了些,湍制台并没有留意。等到睡下了,两个人又嘀咕了一会儿,湍制台才沉沉地睡去了。十二姨太听了听,房中没有了声息,便轻轻地披上衣服下了床,蹑手蹑脚地走到桌子边,把灯又调亮了些,慢慢拉开抽屉,从里面拿出那团纸,在灯光底下把那团纸放在桌上弄平,好在一张纸只是撕成了两半儿,很容易补。她另外拿了一张纸,在裂缝处从后面用浆糊粘好,翻过来一看,还是完完整整的一张公文,唐二乱子的大名就在上面,还是湍制台自己写的。十二姨太看了,高兴得不得了。这时那个小二爷早在门外等着呢,从门帘缝里看见十二姨太都弄好了,才轻轻地掀帘进来。十二姨太便把公文交在他手中,把嘴一努,小二爷会意,立刻出去连夜办事去了。这里十二姨太脱了衣服继续上床睡觉。湍制台睡得如同死人一般,哪里知道发生了这样的事儿。

天亮了,湍制台起身下床,十二姨太装着还没有醒,湍制台也不叫她,自己洗漱后,坐在那儿吃点心,谁知点心刚吃到一半,就听下人进来说新任命的银元局总办唐某人在外等着要致谢呢。湍制台听后愣了一下,问:"谁来致谢啊?"下人称:"是个姓唐的。"制台很奇怪地问:"分派的是什么差使?我怎么不知道!"下人说:"就是才分派的银元局。"湍制台更加奇怪了,点心也不吃了,筷子一放,说:"我并没有分派他,是谁分派的?"这个下人却没吱声,只是笑了笑,湍制台更糊涂了。

正在这个时候,只见十二姨太一骨碌从床上坐起来了,一边揉眼睛,一边说:"什么事?"湍制台说:"还不就是你昨儿晚上要分派给唐某人银元局吗? 没想到,过了一宿,他却来致谢来了,你说奇怪不奇怪?"十二姨太把脸一板说:"我当是什么事儿,原来就是这个啊,这有什么奇怪的?"湍制台更奇怪了,说:"你的话我怎么听不明白呢?"十二姨太冷笑说:"你自己做的事儿,还有什么不明白的? 你不分派了他,难道他还敢来冒充吗?"湍制台说:"我啥时候分派他了?"十二姨太说:"昨天的信是谁写的姓唐的名字?"湍制台说:"你不是说我写的吧?"十二姨太说:"你自己做的事,忘得倒还是真快!不是你写的,难道还是我写的啊?"湍制台说:"那不是在那张废纸上写的吗?"十二姨太说:"告诉你吧,你睡着之后,我就起来把它补好了,然后叫人送到姓唐的公馆里去了。他接到了你的任命,自然就来致谢了,这人办事儿看来还真是可靠。"

这一番话气得湍制台嘴上的胡子都一根根地翘了起来,气愤地说:"你们这些人真是胡闹! 这是儿戏吗? 那姓唐的也太不是东西,我一定收拾他,看他这个差事能不能干下去。"十二姨太冷笑说:"哼,要收拾他? 我看你还是先收拾你自己吧! 就兴你州官放火,不许我们老百姓点灯? 你卖官也卖得不少了,就没想着照顾一下我们。现在是木已成舟,我看你还是认了吧,你一定要收拾那姓唐的,我第一个反对,真弄出点事情来，我看损失的还是你制台大人。我劝你还是睁一只眼闭一只眼，大家心照不宣。这个差使，你还不就是卖给那姓胡的？你不同意姓唐的干这个差事，还不就是钱的事儿，等到那姓唐的上任之后，我叫他送你一万两银子就是了。"

湍制台听后，脸色铁青，独自一个人在那儿合计："如果闹起来，不管怎样都不太好，毕竟是自己的姨太太搞鬼，对自己的名声也不好。看来只能忍气吞声，而且还有一万银子可以拿。那姓胡的虽然没得到银元局，但可以另外分派个别的差使给他，他至少也得给我一半钱，两下加起来，数目也差不了多少。反正我也不吃亏，先就这样吧！"这样想想，气也就没了不少。这时那个下人还站在那里等着回复，湍制台假装生气地说："等不及了？叫他再等一会儿，什么要紧事也总得等我吃过饭。"说完，就又拿起了筷子吃点心，完事儿后才洗脸换衣服出去见唐二乱子。

等他转身走了之后，十二姨太用眼瞄了一眼他的背影，然后对家人们说："身正不怕影子斜，自己身子不正，还想管着别人，真是笑话！以后你们有什么事，都来找我吧，我一定给你们办。"家人们都笑着不说话。从此以后，这十二姨太的胆子是越来越大，几乎在制台大人府垂帘听政了。

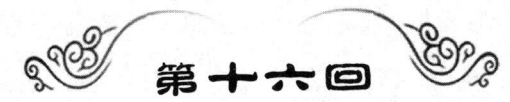

第十六回
瞿老爷欢喜便宜暗上当

　　话说瞿耐庵刚调到湖北兴国州任知州没两天,本地知府大人那里就传来了消息,说知府大人新添了个孙子,请他喝喜酒(知府是四品官,知州是五品官)。瞿耐庵知道这其实就是送礼的事儿,但是得送多少呢? 他心里还真是拿不准。因此他就把原来在府里当差的一个叫马二的找了来,马二说应该找前任知州的账房先生,在前任账房先生那里应该有一个账本,这账本记着各种礼钱、工钱等应支付的数目。但是这个账本不太容易得到,一般是要花钱买过来的。这瞿老爷有个毛病,那就是妻管严,凡事总要先请示他老婆。瞿老爷和他老婆说了账本的事儿后,他老婆不允许他拿一分钱去买这个账本,但这瞿老爷知道没这个账本可是不行,但现在老婆不同意,他就只好先这么着。

　　前任知州的账房先生也知道瞿老爷和夫人都是守财奴,吝啬得不行,想让他们花钱买账本可能即使打死他们,他们也不会同意。这个账房先生心想不如趁着自己还在这儿,先赚点儿钱再说。一天,他把衙门里平时到他这儿来领工钱的人都叫到了他这儿,把这些人每月的工钱数目都指给了他们看,然后又问这些人想不想每月多挣点儿钱。钱是好东西,谁还能不想多挣啊。因此,这个前任账房就当着这些人的面重新弄了个新账本,把每个人的工钱都涨了不少,这些人自然很高兴,对这个账房先生千恩万谢,自然每个人也都拿钱向账房先生表达了谢意,这样这个账房先生也弄了不少的钱。账本改完了,这账房先生就等着瞿老爷派人来要了,但是心里也打定了主意,不会轻易地把账本交出去。

后来,瞿老爷又是托人,又是花钱,账本总算是弄到了手,但是没想到这却是被改过的账本。有了账本就得抓紧应酬了,虽说是有了账本好办事儿,但眼下知府大人添了个孙少爷,应送多少贺礼,翻开账本一看,竟然没有写这条。瞿太太还真就比瞿老爷聪明,心里很有主意,知道拿别的条来比较,只见上头有一条是:"道台大人生了个儿子,本衙门送贺礼一百元。"瞿太太道:"就拿这个比吧,知府比道台差一层,一百元应打一个八折,送八十元;孙少爷也不能和少爷比,还应再打一个八折,八八六十四,就送他六十四元吧。"瞿老爷当然没意见,而且他还觉得夫人算得合情合理呢。于是叫负责书信的师爷把贺礼写好,又专门派个人送到知府大人的府里去了。

知府大人是个满族人,他自己的官名叫喜元,他祖老太爷生他老太爷的那一年,正好是六十四岁,因此就有人给他老太爷起了个官名,叫作"六十四"。满族人有个习惯,都很

瞿老爷查账本

忌讳别人犯他的讳,就是忌讳别人称自己的官名,这知府喜大人也是很看重这个。他老太爷名叫"六十四",这三个字是万万不能让别人触犯的。喜大人自从任了这个知府,就有人推荐了一位姓陆的师爷负责书信什么的。这个喜大人见了心里很不高兴,便说:"大写小写都是一样,以后称呼起来不方便,不知道陆师爷能不能换一个姓?"陆师爷说:"别的也许能改,怎么叫我改起姓来了!姓也不是随便就改的啊?"这陆师爷知道在这里当差可能也没有他的好处了,于是就偷偷走了。喜大人也高兴这个陆师爷离开,觉得去了块儿心病。喜大人不怎么认识字,但毕竟是当知府的,有些来往公事上的日期还得他自己写,这个怎么也不能别人代写,但一写到"六十四"三个字时,他就犯难了,一定要故意写少一笔。头一次写"十"字也少了一笔,旁边人说:"回老爷的话,'十'字缺一笔可就成了'一'字了啊?您看是不是会被误解啊?"喜大人一想确实也是,连忙把笔放下,就琢磨上了,琢磨了半天也没琢磨出办法来,最后还是提醒他的那个人有了主意,叫他写过一横之后,一竖只写一半儿,不写出头。他听了非常高兴,还使劲儿拍了拍自己的脑袋,又把那个人大大夸奖了一番。从此以后就这样写了,每逢写到"十"字,一竖只写一半。还说:"我们现在升官发财是哪里来的?不是老太爷生咱们、养咱们,咱们哪里有这个官儿做呢?如今要是连他老人家的讳都忘了,还是个人吗?人不能忘本。至于我,现在也是堂堂知府了,这一府的人是无论如何都不能犯这个忌讳的,这才像个样子。"于是全知府衙门上下的人都知道喜老爷的这个脾气,每个人都很注意,都知道在这上冒犯了老爷可是没有好果子吃的。

这回孙少爷摆满月酒,兴国州知州瞿耐庵的贺礼,上面竟然写着"喜敬六十四元"。知府的门房大爷接到手里一看,先倒没注意钱多少,看了看上面写的字,马上就眉头一皱,心里想:"真是巧啊!一共才六个字,倒把他老人家父子两代的忌讳都用上了。我如果不说,就这样拿上去,就得先碰钉子,肯定得怪我们事先不告诉送贺礼的人。"正想着,忽又看到了来人送自己的那六元四角钱,心想那兴国州知州送的贺礼肯定也不够数。于是就问送贺礼来的人:"你们家老爷官儿也不小,在湖北省里也算得上中等了,怎么也不查查账,就送了这么一点儿,送这样的礼可是有惯例的。"瞿耐庵派去的人说:"例倒查过,没查到。老爷怕知府大人挑理,所以特地查了几条别的例,参照着,才和夫人商量出这么一个数目,麻烦您费费心,给拿上去吧。"知府的门房大爷一面摇头,一面又说:"你们家老爷是初任还是做过几任了?"派去的管家道:"是初任。"门房大爷说:"这也怪不得你们老爷不知道这个规矩了。"瞿耐庵派去的人问:"什么规矩?"门房大爷说:"你没看见你送来的贺礼上写的字吗?又是'喜敬',又是'六十四'的,把我们家老爷父子两代的名讳都用上了。你们家老爷既然做我们家大人的下属,怎么连他的忌讳都不打听打听?你可知道他们满族人,犯了他的忌讳,比当面骂他'混账王八蛋'还要更严重吗？也真是的，你家老爷怎么也不打听明白了，就冒冒失失地派人把贺礼送来。"一番话把派去的人吓呆了，连连恳求，说："求您想个法子帮我家老爷遮掩遮掩，我家老爷一定会非常感激您的，一定会报答您的。"

知府的门房见瞿耐庵孝敬的钱根本就是太离谱儿，心想这个瞿老爷在钱的方面估计也不会有什么大手笔，于是就想故意出出他的丑，让他以后怕了好来打点，这样自己才能捞着好处。主意打定，一声不响，先把六元四角钱揣起，然后拿了六十四块整钱，离了门房向府内走去，向知府大人禀告。刚好喜大人正在房间里同姨太太打麻将呢，打的是两块钱的小麻将。喜大人先前输了钱不肯往出拿，老是欠着，这时正赢了一把大的，姨太太想扣他的账，他不干，起身就来抢姨太太的钱，正闹着呢。知府的门房拿着瞿耐庵送的贺礼进来了。姨太太说："别抢了，送钱的来了。"喜大人一听有钱送来，赶紧放了手，忙问："钱在哪儿呢？"这门房不慌不忙，把瞿耐庵的名帖和贺礼都递到了喜大人面前。喜大人一看那名帖，知道是新任兴国州知州瞿某人，忽然想起一件事来，就问这门房："瞿某人到任都那么多天了，新官到任理应孝敬我的钱怎么还没送来？他眼里是不是没有我啊？兴国州知州可是个好职位，他这样不务正业，叫我这个知府指望谁呢？"门房大爷说："这个是送的孙少爷满月的贺礼，他派来送贺礼的人还在外面呢，就是没有提起孝敬您的钱。"于是喜大人这才歪过头去瞧那些钱。一瞧是"喜敬六十四元"六个字，脸色立刻就变了,从椅子上一下子就站了起来,嘴里连连"啊"了几声,很是气愤地回过头去问门房大爷:"怎么他到任这么久了,你们这些人也没有写封信去教教他?"门房大爷说:"这个向来应该是他们来请示的,他们既然做了您的下属,这些事儿就该放在心上,如果他们来问奴才,奴才自然会告诉他们。既然人家不来问,奴才怎么好写信主动去告诉人家呢?"喜大人怒道:"写两封信也没什么要紧的,你既然没有写信告诉他,等他来了,你就该告诉来的人,叫他拿回去重新写好了再送来。如今拿了这个来给我瞧,你这不是故意气我吗?真是混账!"门房大爷说:"老爷请息怒,请老爷先看看他送的数目对不对?"喜大人这时才看见那个瞿耐庵送的只有六十四块。这时候喜大人也不管贺礼上有没有他家老太爷的名讳了,便走过去,一把把贺礼抢过来摔在地上,就见那包钱的纸早摔破了,钱也稀里哗啦滚得满地都是。喜大人气得直跺脚,一边跺脚,一边大骂:"岂有此理!真是岂有此理!他这新来的知州倒是好,这明明是瞧不起我这个知府啊!我做知府也不是一天两天了,他还要破我的例不成?这个瞿知州可真行,竟然不把我放在眼里。新到任的礼钱不交,现在贺礼又只送了这么一丁点儿,打发小孩子啊?哼哼!也太目中无人了,你一个小小的知州我还收拾不了你吗?把那点儿破钱还给他,少了他的我也饿不死!"喜大人骂完了,麻将也没心思打了,一个人背着手气呼呼地到房里生气去了。

门房大爷把钱从地上一块一块地捡起来,拿着瞿耐庵的名帖出来了。瞿耐庵派去的那个人正坐在外面等信儿呢。这门房大爷走进门房，也把钱和名帖往桌上一摔，说："兄弟，我们老爷说谢谢你们大人了，钱就不敢要了，你还是带回去吧！"瞿耐庵派去的人还要说点儿别的，毕竟这样回去没法向自己的老爷交差啊。正好这时又有别的人来拜见，知府的门房便去招呼别人去了，把他撂在了那儿。瞿耐庵派的人没有办法，只好把钱、名帖揣了回来。回到自己的住处，知道事情没办好，不敢直接去向瞿老爷禀告，就赶紧连夜写了封信向老爷说明事情的来龙去脉，等待老爷的吩咐。

瞿耐庵收到信，看过之后，不觉手心儿里捏了一把汗，连忙进去请教他老婆。谁知他老婆听了，反倒觉得没事，连说："他不收，很好啊，省了。咱的钱本来就不多，自己留着不是更好，难道非得要孝敬他？怎么着咱们也是知州，和他那个知府关系好就好，不好又能怎么地？一年之后，各奔东西，我不想深交他，我也不想高攀他，为啥非得巴结他啊？赶紧写信叫派去送礼的人回来，就说我眼里没有什么知府，我就不信了，他一个知府还能把我怎么着？"瞿耐庵听了太太的话，一想也是，于是就写了封信把那个人叫了回来。后来知府喜大人又等了半个多月，也没见兴国州知州重新把礼送来，新官到任的孝敬费也始终没送，心里琢磨这个瞿知州是不是有什么大的后台，仔细一打听，才知道他有一位给他撑腰的太太，据说他太太和湖广总督湍制台有亲戚。这喜大人总算是弄明白了，表面上虽然不动声色，但是已经打定主意，一定找个机会好好收拾收拾这个姓瞿的。

且说瞿耐庵夫妇二人见那个喜知府也没把他们怎么样，这胆子就更大了，除了总督、巡抚这些大官，道台以下的官通通不放在他们眼里。孝敬上司的钱，虽然不敢随便减少，但都是照着前任移交过来的账本送的，你想啊，这账本可是改过的，那前任的账房先生是故意要坏瞿耐庵，因此，该多的他偏改少了，该少的他又偏改多了。按照这样一个账本送礼，结果能好吗？收到瞿知州礼钱的，都念他同湍制台有点亲戚关系，表面上也不和他计较什么，但心里一般都是恨得要命。瞿耐庵只知道照着账本送礼，那肯定是没问题。有时候给总督和巡抚送礼，瞿耐庵也是照着那个账本送的，结果礼就被退了回来，还落了几句不是。瞿耐庵就不明白了，和别人说："我可是照例送的，那些人也是太贪心了！"但毕竟总督、巡抚什么的瞿耐庵是不敢得罪的，遇到这样的情况就只好再补些送进去。有时候比原数多，有时候还没原数多，反正总是叫收礼的人心里不舒服。弄到后来，和他打过交道的大人几乎就没一位满意他。

一晃儿，瞿耐庵到任也有半年多了，治理范围内的百姓都知道他断案糊涂，老百姓也都恨他。到后来，无论是当官的还是当老百姓的，只有说他坏话的人，没有说他好话的人。而这个瞿知州倒是好，他始终就没弄明白是怎么回事儿，他自己一直也不知道为什么所有的人都恨他，尤其是那个知府喜大人。

　　不料这时候,他太太所依靠的干外公湍制台被调到别的地方任总督了,不再管湖北了。这下好了,瞿耐庵没有依靠的人了,你想啊,这样一个谁都不喜欢的人能好吗？后来,喜知府找了个机会揭发了瞿耐庵,上面自然再没人袒护,他马上便被撤了职。这也是正中了瞿耐庵夫人的话,果然是"各奔东西"了。只是他始终没明白,其实都是那账本惹的祸,怪只怪他没舍得花钱。

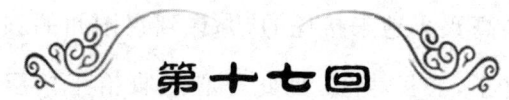

第十七回

乞留任王柏臣谄媚乡绅

　　话说湖北省兴国州新任知州瞿耐庵一上任后,就知道本地的钱粮已被前任知州王柏臣搜刮得干干净净了,因此心里很是不自在,提起王柏臣,这个新任知州瞿老爷就恨得咬牙切齿。说起这个王柏臣,其实他在这个兴国州知州的职位上还不到一年,可巧正是征收百姓钱粮的时候,他爹病逝了。天天收钱收银子的日子刚刚开始,做官盼的就是这时候,他自己哪能想到他爹竟然在这个时候去世。家里发来了电报,按照规定,王柏臣必须马上离任,回家奔丧。但你想啊,这个时候走人,不是把钱粮都拱手送给后任了吗?王柏臣可是愁坏了,后来就和手下的师爷商量,最后达成了共识,暂时隐瞒他爹的丧事,然后又发出今年少收钱粮的告示,但必须在某某日子之前交上才行,超过这个日子还是不少收的。这下百姓高兴了,纷纷提早交钱交粮,而王柏臣呢,也是收了很多的钱粮,在离任之前把自己的口袋装得满满的。收得差不多的时候,然后才向上面打了报告,说父亲去世,要离任回家奔丧。这样,瞿耐庵才接任王柏臣担任这个兴国州的知州。瞿耐庵本是高高兴兴地来接任的,哪想到兴国州的钱粮几乎已经全部收完了,心里生气,因此一心想收拾王柏臣。瞿耐庵上任后就派人四处调查王柏臣,后来果然发现王柏臣为了提前收钱粮,故意少收,又故意隐瞒自己家的丧事不报,这可给瞿耐庵抓住了把柄,心想一腔怨气终于可以发泄了,于是立刻请写状子的师爷写了一封信,瞿耐庵抄好了,盖上了自己的印章,邮出去把王柏臣给告了。

瞿耐庵这边邮信,王柏臣那边也知道了,急得王柏臣是抓耳挠腮、坐立不安,只好请来自己的朋友商量。三个臭皮匠赛过诸葛亮,毕竟人多力量大,王柏臣原来的账房师爷想出了一个主意,说:"老爷您自到任以来,外面的口碑虽然一般,但是和本地乡绅关系不错。无论什么事情,乡绅怎么说,您基本上就是怎么办,有时还会主动到乡绅家里和他们商量公事,听他们的意见。现在本地的乡绅很多都希望您能留任不走的,只是现在您必须回家奔丧,这也是没法子的事儿。您隐瞒丧事不报如果真被告了出去,事情闹出来,谁的面子上都不好看,不如和乡绅商量商量吧。"众人也都同意。

在本地乡绅里属赵员外和王柏臣的关系是最好的。论财力,赵员外在兴国州当地并不算是很富有,但是因为知州和他关系好,别人就觉得他有些与众不同了。当时大家都想起了他,账房师爷就出主意,先叫厨房里准备了一桌酒席,叫管家拿着王柏臣的名帖去送给赵员外,说:"我家老爷本来是要来看老员外的,想过来和老员外叙叙旧,因为在丧中不太方便，所以叫小的送过来的。"赵员外看了名帖，收了酒席。不久王柏臣又派人给赵员外送去四件非常好的细毛皮衣，一串琥珀朝珠（朝珠是清代官员的一种佩挂物，挂在脖子上，垂于胸前，每串 108 颗）。送礼的人说："我家老爷因为就要走了，不能常常和老员外在一块儿了，这是他自己常穿的几件衣服和常戴的一串朝珠，让小的送给老员外留个纪念。"赵员外没办法拒绝，也就收下了，心想："平时本来处得挺好的，也接受了他不少的好处，现在都要走了还送来这些贵重的东西，真是让我有点儿心不安。难道外面传言他隐瞒丧事不报的事儿是真的？要真是那样，我可要趁这个机会好好地敲他一笔。"

这赵员外正在那儿琢磨呢，忽然看见王柏臣派人来请自己了，于是连忙换了衣服，坐着轿子来到知州府里。这时候王柏臣虽然已经不是知州了，但还没有搬出衙门，因为是守丧期间，自己不方便出来迎接，就叫账房师爷代替自己出来迎接。二人见了面，王柏臣做出悲伤的样子，让赵员外和账房师爷在高椅子上坐了，自己却坐在一个矮凳子上。先是客套了几句，王柏臣看看左右无人，便走到赵员外身旁同他嘀咕了半天，所说无非是外面风声不好，新来的知州想出自己的丑，彼此关系这样好，请赵员外务必要帮忙的意思。赵员外又仔细问了经过，才知道报丧的电报是他钱庄上转来的。他嘴里虽然不住地答应，心里却在想怎么应付王柏臣。等到王柏臣说完，他主意也想好了，连忙说："是呀，老哥不说，我也正为老哥担心呢。我钱庄上的一个伙计到兄弟家里报了信之后,我马上就让他来给老哥报信了。一来我们是自己人,二来隐瞒丧事不报那可是革职处分,所以兄弟我当时就吩咐那个报信的伙计,叫他再不要跟任何人说,还告诉他说:'王大人待人厚道,你如今替他出了力,将来少不了你的好处。'这个伙计经过兄弟这样一番嘱咐,一定不会多嘴的。这话是从哪儿听来的,老哥一定得查问清楚了啊。"王柏臣说:"查是没必要查了,只要老哥肯帮忙就行。现在兄弟已被后任告了,这种事,上头肯定会派人来查,上头派人来查,头一件事肯定是要看这电报的原件,只要老哥承认是你把电报扣了下来,兄弟始终不知道就行了,老哥您说呢?"

赵员外说:"让我想想。"于是一个人抱着水烟袋,闭着眼睛,想了老半天,才说道:"这事儿不能这么办。"王柏臣便问:"那怎么办?"赵员外说:"你说电报是我扣下来的,不让你知道,意思是地方上的乡绅都爱戴你,不愿意你走,所以才这么做。我并不是说这样办不行,但是就我一个人恐怕不行,最好再多找几位来,大家一起研究。"王柏臣一听也好,便求他写信去联系其他的乡绅,还亲自动手准备纸和笔,又亲自磨墨,毕竟王柏臣自己心里急啊。可这赵员外突然又停住了,说:"等等,来了电报,不让你知道,就算是我替你扣下来的,但是你不知道这事儿,好端端的少收钱粮,这总说不过去啊,还得再仔细想想才妥当。"王柏臣一想也是。赵员外又说:"这事不是一时半会儿就可以想明白的,等兄弟出去商量一个好主意,再进来回复老哥吧。"要知道这赵员外可是打定了主意要敲王柏臣的竹杠,有许多话他是故意不说出来。王柏臣现在也是蒙了,竟然还不想让赵员外走。幸亏账房师爷还明白,赶紧给王柏臣使了个眼色,叫他别留了,又替王柏臣再三拜托赵员外,说:"您有什么指教,您知道我们老爷他现在不方便出门,麻烦您就通知小的吧。"赵员外于是告辞了。

　　到了晚上,王柏臣实在是等不及了,就派账房师爷去打听。赵员外见了,说道:"主意倒是有一条,也是兄弟想出来的,不过我们人当中现在意见还不统一。"账房师爷赶忙问是怎么回事。赵员外说:"说是我联合各位乡绅扣住了电报,不给王大人,目的就是想要留这位父母官多做两天,别人也同意这么办。至于收钱粮的标准为什么会降,说成是父母官体恤老百姓的苦处,也还说得过去,但问题是隐瞒丧事,肯定会成为别人的借口。我看这样,由我们乡绅共同上一个帖子,诉说百姓如何苦,求大人减收他们的钱粮,把年月日填妥当了,有了这个底子,就知道王大人这样做不是为了隐瞒丧事了。还有一个好一些的办法:干脆由我们乡绅联名写个请愿书,就说王大人在这里做官如何清正,如何认真,百姓实在舍不得他,现在国家是多事之秋,正是破格用人的时候,可否先由那姓瞿的暂时代理,等王大人守孝过后,仍旧由他任知州。请愿书后头,还可以把那姓瞿的这几天断的案子加进去,让人见了,感到眼下非王大人赶紧回来上任不可。那姓瞿的既然会出王大人的丑,我们就给他两拳。要是这样做,我们这些乡绅就会和那姓瞿的成为仇家,得罪了姓瞿的我们以后事情可就难办了,因此有几个人还在犹豫呢。"

账房师爷听了他的话心里很清楚,知道这个赵员外无非是想要几个钱。只要有了钱,别人的事儿,他都能做得了主。师爷心里又一合计:"这事既然想做,那就要快做,时间不等人,等上头查下来就不好了。"于是起身把嘴附在赵员外的耳边,来了个直接的,问他要多少钱。又说:"这钱并不是送给员外您的,为的是其他乡绅跟前总得意思意思,而且今年的钱粮已经收得差不多了,这些钱也是地方上的,我们老爷这几个钱肯定是情愿拿的。"赵员外听他说得直接,心想自己也别拐弯抹角了,也就实惠地说了要两千,最后禁不起账房师爷再三讨价还价,最后谈妥是一千。彼此商量好了之后,师爷回来告诉了王柏臣。王柏臣也只能照办,第二天一早儿就把银子送了过去。

后来赵员外就派人送进来地方上百姓联合写的求减银价的申请书,上面的日期还是一个月前的。一并送来的还有地方百姓联合写的请愿书,意思也就是想留下王柏臣继续当知州。王柏臣看了这两样东西自然很高兴,虽然是花银子买来的,但哪有不花银子能办的事儿啊!王柏臣表面上还是很感激赵员外的,一会儿说要把女儿嫁给赵员外的儿子,要和他做亲家,一会儿又说:"如果上头能同意我留任,将来不但你老哥有什么事情,兄弟会竭尽全力帮忙,就是老哥的亲戚朋友有了什么事情,只要跟兄弟说一声,兄弟决不说个'不'

字。最好就请老哥先把自己的亲戚朋友开张单子给兄弟,兄弟把它贴在自己房间里,遇见什么事,兄弟也就知道了,也免得再惊动老哥了。"赵员外说:"真是太感谢了,但愿您能留任!"王柏臣道:"百姓的意愿,相信上边会考虑的,应该没有不批准的道理。"赵员外道:"最好批了。"说完就告辞走了。王柏臣把他送到了门口,回来后就一心一意等信儿。

哪知瞿耐庵写信告王柏臣不过就是虚张声势,信其实并没有寄出去。后来听说乡绅联名写请愿书保留前任,瞿耐庵的心便软了下来,开始拉拢起王柏臣来。最初王柏臣还催他早点算清楚账目,自己好回家。瞿耐庵却说:"忙什么,听说本地乡绅一齐上书挽留你,将来这个知州肯定还是你的,我只不过替你看几天印罢了,还算什么账啊。"王柏臣说:"地方上爱戴其实没什么用,最后还不是得靠上头。像您同湍制台的关系,不要说是一个兴国州知州,就是弄个比兴国州知州再好上十倍的职位也容易啊。"瞿耐庵说:"这话倒还真不假。"一连几天,这二人竟然很是亲热。

不久,上头的批复下来了,说:王知州现在既然是守丧期间,就应该回家守丧,知州的职位已经派人接任了。少收百姓钱粮没有让人信服的理由,难保其中没有猫腻。王知州在任的时候,也没有什么政绩,乡绅挽留,很难说不是接受了王知州的贿赂,没准儿是想沽名钓誉。因此,不同意王知州留任。

王柏臣也没办法了,知道事情已经无可挽回,只可惜送给赵员外的皮衣、朝珠和白花花的一千两纹银。不过他感到欣慰的是自己银子还多得是,以后想当官儿,还可以再用银子买,这兴国州也没什么留恋的了。于是王柏臣收拾好了行李,回家守丧去了。

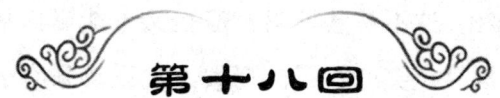

第十八回

贾世文附庸风雅巧偷闲

　　湖广总督湍制台被调到别的地方任职,这个湍制台就是有十二房姨太太的那位。湍制台调走后,接替他的是一位姓贾的,名字叫贾世文。任总督之前,贾世文担任湖北巡抚,没想到就三年的工夫就又升任了总督。这年他虽然已经六十六岁了,但是一直保养得很好,人看起来精神十足,没有一点儿六十多岁的样子。他自称这一辈子有两大绝技:一个是画梅花,一个是写字。

　　他的书法,自称是王右军(王羲之是东晋著名的书法家,当过右军将军,因此人们又称其为王右军)一路,常常对人说:"我有一本王羲之写的《前赤壁赋》,那楷书写得,真叫一个好,每一笔都蕴含着相当深的功力,听说还是汉朝一个有名的石匠刻的。兄弟自从得了这部帖,每天都要照着写一遍,一年三百六十五天,那是天天不落。"大家听了他的话,没什么学识的是又羡慕又佩服,羡慕这个贾大人竟然有王羲之的《前赤壁赋》,而且还佩服贾大人竟然有这么好的毅力,可以坚持天天照着写一遍;有点儿学识的就只能掩嘴偷着笑一笑,你想啊,这王羲之可是东晋时候的人,他的书法竟然被汉代的石匠雕刻,这不是瞎扯吗? 但是又不能当面揭穿这个贾大人,只能是笑一笑就算了。贾大人又说近来有名的大官儿像彭玉麟、任道镕等都喜欢画梅花,他因此也学着画梅花。他说画梅花还有一个诀窍:说是只要圈儿画得圆,梗儿画得粗就是厉害人。一般贾大人画的画儿都是大幅的,自己画不过来,就叫管家帮着画圈儿,管家画不圆,他就把几个小钱放在纸上,叫管家照着钱描,这下每一个圈儿画得都非常圆,等到管家画完之后,贾大人再拿起笔,点一些点儿在上面,这便是他的绝技之一。

有些下属想要讨好贾大人,每次来拜见,谈完了公事儿,便从袖子里或是靴子里掏出一张纸或是一把扇子,双手捧着,说一声"卑职求大人墨宝"(意思就是求大人给我写几个字),或是"求大人法绘"(意思就是求大人给我画幅画儿)。贾大人每听到这样的话那是再高兴不过了,而且一定还要问上一句:"你很喜欢我的书画吗?"贾大人都这么问了,谁又能说不喜欢啊? 这贾大人把人送走了,回来便开始又是写字,又是画梅,忙得是不亦乐乎! 贾大人还有一个优点就是工作效率高,不到天黑字就写好了,画儿也画好了,马上就叫手下人给求字求画儿的人送去。

逐渐地大家都知道了贾大人的这个脾气,其中有一位候补知县,叫卫瓒,号占先,因此也叫卫占先。这卫占先因为在省城里穷得实在没路可走了,就曾经在半个月前求贾大人赏过一幅画儿。贾大人有个习惯,那就是每次人家求他写字、作画,他一定要把这人的履历详详细细地问一遍,没差事的就给安排差事。很多等着差事做的人，就是靠着向贾大人求字画而得到了差事。其实大家都清楚求字画是假，弄个差事是真，但是求字画的人也太多了，一个湖北省城哪有那么多的差事。所以到后来，贾大人的字画是有求必应，但差事却不是那么好弄了。卫占先就是想的这个办法，但是至今仍没有被安排到一个差事。这次他想出一个主意来，故意说有事面见，传话的替他把话传进去了，贾大人一看手本（请求拜见的名帖，上面写着来拜见人的姓名），记得是上次求过字画的，吩咐了一声："请。"

见面之后，闲聊了几句，卫占先就扭扭捏捏地从袖子管里掏出一卷纸来，似乎是极其不好意思地说："大人画的梅花，卑职实在是喜爱得很，还求大人再赏画一幅，预备将来传给子孙，一定能成为卑职的传家之宝。"贾大人说："我不是已经给你画过一幅了吗？"卫占先故意把脸一红，吞吞吐吐了半天才说："回大人话，卑职该死！卑职该死！卑职没出息，卑职因为现在没差事做，实在是太穷了，您给画的那张画儿卑职拿回去没几天，为了银子，就卖给了别人，大人您可别怪罪啊！"贾大人一听，竟然有人还会买自己的画儿，心里实在高兴，不禁满脸堆下笑来，忙问："人家是要买我的画儿吗？"卫占先一脸严肃地答道："哪里是要买啊，简直是抢着要买，卑职看那个买画儿的人确实喜欢上了您的画儿，卑职一开始就要了他十两银子，哪知道那个人连价也没还就同意了。"贾大人皱着眉，摇着头说："不值吧，不值吧！怎么能值那么多银子呢？"又忙问："你到底是多少钱卖的？"卫占先说："不瞒大人说,卑职最后是二十两银子卖的。"

贾制台很纳闷儿,也很吃惊,问道:"你问人家要十两银子,怎么最后是二十两卖的呢?"卫占先说:"卑职向那人要了十两,那人身上没带那么多银子,所以就回家去取银子,就在那人回去的时候来了一个东洋人,这个东洋人是听朋友说起,卑职这里有一幅大人画的梅花要卖,因此特意赶过来买的。"贾大人又惊又喜说:"怎么,东洋人也喜欢我的画儿? 真是想不到!"卫占先说:"大人您听我说。"贾大人说:"快说。"卫占先说:"东洋人跑来要买画,卑职说我只有一幅。他说:'一幅就一幅。'卑职就拿出来给他看,他看过之后,便问:'多少银子?'卑职回他说:'十两银子,已经被别的朋友买去了。'东洋人说:'你把他的银子退回去,卖给我吧,我给你十四两银子。'卑职说:'都已经和人家谈好了,怎么能说退就退呢。'东洋人一听卑职不同意退那人的银子,立刻就十六两、十八两地往上涨,最后一直涨到了二十两。也不由卑职拒绝,他把二十两银子扔下,拿着画就跑了。等那个朋友拿了十两银子来取画儿的时候,卑职就倒打一耙地说怪只怪他没有留下定钱,所以被别人买了去了。那个朋友当时就生气了,说了卑职半天的不是。"贾大人说:"本来就是你的不是,事情没有那么办的。"

卫占先一听贾大人说自己的不是,立刻站起来连答应了几声"是是是"。贾大人说:"你既然十两银子答应了人家,怎么还能再卖给东洋人呢? 如果东洋人真要买我的画儿,你不妨再让他等两天,然后来和我说清楚,等我画好了你再卖给他。"卫占先又连连称"是是是",又说:"卑职也是因为现在没什么差事做,生活实在是太苦了,所以才斗胆把您画的画儿卖给别人的,要不然说什么我也不会卖的,就是给我一百两银子我也不能把您的画儿卖了啊!"

贾大人说:"既然有人想要,我就辛苦再给你多画两张吧,也不好让人家太失望。"说完,就吩咐卫占先跟着自己来到平时办理公事的地方。贾大人进屋之后,马上动手脱去靴子和帽子,也脱下了大衣,又不断地催管家快磨墨,说自己此时作画的兴致非常高。不一会儿,墨就磨好了,贾大人立刻把纸铺开,拿起笔蘸好了墨就开始画了。贾大人作画也没忘了卫占先,让卫占先也脱去衣帽,坐在一旁观看。贾大人正画得兴致勃勃的时候,巡捕进来说:"藩台大人(藩台是清代一省的财政总负责人)有公事求见大人。"贾大人想也不想就说:"没看我这儿正忙着吗,叫他等一会儿。"接着又是学台大人(清代一省教育事务的总负责人)来拜见。贾大人有些不耐烦地说:"真是扫兴!他们都这个时候来干什么,不管谁来了都叫他们等着,不准再来禀告!"巡捕出去向各位大人转告了贾大人的话,结果厅里的人是越来越多,都在那里坐等,等着这个正在作画的贾大人出来。而此刻他老人家是专心给卫占先画梅花,就是不出来。

藩台大人见这贾大人这么长时间也不出来,等得不耐烦了。藩台大人问贾大人的下人:"到底大人在里面会什么重要的客人呢,怎么还不出来?"一问才知道贾大人正在房里给一个候补知县卫某人画画儿呢。这个藩台大人一向脾气暴

贾大人作画

躁，一听这话，气得怒气冲天，在厅里连连说："我们是有公事来的，他把我们丢在一边，倒有闲情逸致在里头给一个候补知县画画儿！哪有这样的道理！我是拿皇上的俸禄的，没有这个闲工夫，也没有好耐性去等他，既然不见，还在这儿傻等什么？"说着，赌着气就走了。

贾大人把画儿画完，接着在上面写了日期，又盖上了自己的印章，然后还和卫占先一起欣赏了一会儿，这才想起藩台大人来了半天了，于是立刻赶到厅上去见，到那儿才知道，藩台大人已经回去了。贾大人听说藩台走了，也就没太在意，心想走了就走了吧，不见就拉倒。卫占先这次的行动给贾大人留下了深刻的印象，也让贾大人认为这个人可以担当重任，后来贾大人果然就给卫占先安排了一个好差事。

这贾大人平日做事儿基本没有规律，起居没有固定时间，做什么都随心情，一时高兴起来，想到哪个人，无论是藩台还是学台，马上就派人去叫，等人家来了，他不是画画儿，就是写字，写字作画高兴了竟然能一天不出来，早把叫来要见的人忘到九霄云外去了。巡捕知道他的脾气，偶尔也提醒过他，但怕提醒多了贾大人再生气，也就经常让人家在官厅上坐等。经常有早上传见的人，到了晚上还没见成，晚上传见的人，到半夜了还没见上。贾大人睡觉又没有固定的时候，会着客人，办着公事，坐在那里说睡就睡，一天到晚，少说也要睡上二三十次。亏得睡的时间不长，只是打一个盹儿，一会就醒，醒来什么都还记得。他还有一个脾气，不愿意剃头。他说剃头匠拿刀子在头上剃，比拿刀子割他的头还难受，所以往往一两个月也不剃头，也不梳辫子。别人见了，一定会被吓一大跳，认识的知道他是贾大人，不知道的不以为他是囚犯，也一定会拿他当孤老头子看待。除了画梅花、写字之外，贾大人最讲究的就是写四六信（四六信就是用四字句和六字句写的信），说是一个人只要会写四六信，别的学问一定是不差的。办理公文差事的手下知道贾大人讲究这个，便一个个在这上头用心思，只要形式读着好，也不管内容什么的对不对，贾大人倒也从来不计较。这就是附庸风雅、逍遥自在的贾大人，一个非常有意思的官老爷。

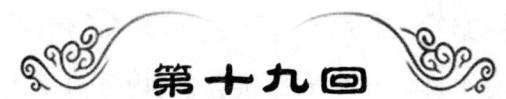

第十九回
童大人抵制洋货用国货

话说这一年,清朝国库空虚,有很多紧要的事儿都办不了。皇帝也纳闷了,为什么地方上交不上来钱呢?后来有个人给皇帝上了一个折子(臣子写给皇帝的文书,一般是陈述自己的意见,或者是讲述一些事实),大意就是说现在地方上的一些官员根本就不打算往朝廷交钱,用各种手段欺骗朝廷,其实钱都落入了地方上一些官员自己的口袋里。皇帝看了这个折子,非常生气,因此就想派一个信任的大臣到地方上去查查。皇帝召集了几个重要的大臣,商量派谁去办这个差事。当时童子良是户部尚书,也是皇帝信得过的重要大臣之一,他觉得这是一个好机会,因此向皇帝推荐自己说:"臣曾经在外省做了二十年的官儿,地方上的一切情形都很熟悉,要是陛下派臣去,臣先下江南,后到福建广东,大约有半年的工夫,臣就能把事情办妥,回京向您复命。"皇帝一看是童尚书,觉得他去还很合适,就任命他为钦差大臣,让他下去查查地方上的财政到底是怎么一回事。

童子良被皇帝任命为钦差大臣后,很是高兴,马上就在他自己掌管的户部挑选了八个手下，又在别的部里挑了几位，此外还有军机处某个大臣推荐的、内务府某个公公推荐的，一共是好几十人，都做了钦差大臣的随行官员。此外，童大人又把自己太太所生的大儿子带上了，这个儿子已经不小了，童大人想让他跟着自己出去见见世面。一切都准备好了，又挑了个好日子，童大人辞别了皇上，往江南而来。

这位童钦差童大人，这辈子有一个怪脾气，那就是讨厌洋人和洋人的东西。无论是什么东西，吃的也好、用的也罢，只要带着一个"洋"字，他就厌恶得不行，而且坚决不碰这些东西。童大人全身上下穿的都是乡下人自己织的粗布，洋布在他身上可是找不出一点儿踪迹。命运有时候就爱和人开玩笑，童大人五十多岁的时候，生了一场大病，因为生病，他偶然抽上了大烟，谁都知道，大烟是上瘾的，结果童大人这个大烟就戒不掉了。一天有位王爷和他开玩笑说："呵呵，童大人，听说您很是厌恶洋货啊！不过我又听说您可是一直在抽大烟啊！这是为什么呢？"一句玩笑话说得童子良童大人是哑口无言。回到家后，这个童大人马上就把烟灯、烟枪通通都扔了，还对家里人说："我从今天开始再也不抽大烟了！"你想啊，大烟这个东西是你说抽就抽，说不抽就不抽的吗？而且这位童大人的烟瘾其实已经很大了，结果是可想而知。两个时辰没抽，就上气不接下气了，家人才劝了一句，这童大人便说："你们别管我了，也不要劝我了，我宁可死了也不会再抽了！"童大人死活不抽，家人能怎么样呢？就叫他熬着吧，到最后熬得只剩下一口气了，话也说不出来了，童大人就拿眼睛看着他大儿子，那意思是叫儿子赶紧给他准备后事吧。这个大儿子当时也就只有十八九岁的样子，读书虽然没得到什么功名，但其实并不笨，而且还是有点儿小聪明的。看他爹这个样子，便问下人他爹为什么非得要戒烟。当时就有知道内情的下人讲了，说是因为有位王爷说了一句玩笑话，说大烟也是洋货什么的，老爷听了很生气，回来就戒了，结果现在就成了这个样子。到底这个大少爷还是有些办法的，想了一想，说："和我爹说大烟是洋烟，怪不得他老人家不抽了呢，你们可真是没脑子！现在你们再把大烟给老爷送去，你们就说是云南产的烟，是国货，不是从洋人那儿弄来的，不是洋货。云南、广东都是咱们中国的地方，估计他老人家也不会说什么了，那他还能不抽吗？"一个伺候老爷的下人赶紧另外去拿来了抽烟的工具和大烟，端到老爷的房里。这个童子良童大人见了，连忙摇手，意思是别把那些洋人的东西拿来。后来这个下人照大少爷的话一说，这童大人竟然一连抽了十几口，比往常多抽了不少，过足了瘾才不抽了，而人一下子也精神起来，又是生龙活虎的了。

过了几天，和他开玩笑的那位王爷请他吃饭，见面之后，童子良便对那位王爷说："童某现在可是不抽洋烟了。"王爷一听非常高兴，连连称赞他，说："真是有志不在年高啊。童大人你这么大一把年纪了还能立志戒烟，而且说戒就戒了，真是让人敬佩啊。但愿童大人你养足了精神，多替万岁爷办事儿分忧,这真是国家的福分啊!"接着这王爷就一面喝酒,一面留心看他到底抽不抽。谁知饭刚吃了不大会儿,这童大人就叫人倒了一碗热茶给他,趁没人注意的时候,悄悄从口袋里摸出了一个烟泡,泡在茶水里喝了。童大人以为没人看见,其实这一切都被王爷瞧在了眼里。这位王爷向来是最愿意和他开玩笑的了,今天抓住了这个把柄,便笑着问他:"呵呵,童大人既然不抽大烟了,怎么又吞起烟泡来了呢?据本王看来,这大烟和烟泡可是没有本质上的区别,可都是洋货啊!"这童大人似乎还有点儿急了,便一脸严肃地说:"王爷您不知道,童某抽的可是咱们自己国家造的烟,不是洋烟,而是地地道道的国货。"王爷说:"抽大烟、吞烟泡还不是一样吗?难道还有什么区别啊?"童子良说:"王爷,我所谓的戒烟,戒的是洋烟,可不是要戒本国的烟。王爷您有时间看看洋烟进口关税的统计情况,您就知道洋烟税一年有多少,也就知道我们中国人一年抽多少洋烟了。如今从我童某人做起,头一个不抽洋烟,用本国烟来代替它,如果咱们中国人都抽本国产的烟,不抽进口来的洋烟,我们还愁什么钱财都流到外国去吗?其实我也不喜欢抽这个东西,只不过我要给大家树立一个榜样,叫全天下人都知道我是抵制洋烟,倡导用国货,童某人的一片苦心还请王爷能明白啊。"王爷听了,笑呵呵地说道:"想不到童大人抽大烟,原来是为国为民啊,佩服,实在是佩服。"接着两人继续推杯换盏起来。

做官的人要点儿钱,本来不算什么,但是这位童大人却是专要银子,不要洋钱,就是因为洋钱的"洋"字犯了他的忌讳。以前京城里本来也是不用什么洋钱的,近几年来,洋钱渐渐地也用上了,而且是用得越来越多。有些会打小算盘的人,就觉得洋钱实在是好。比如说送礼吧,本来是要孝敬一百两的,如今只花一百块洋钱就可以了,这一百块洋钱折合成银子的话也就七十多两,还真是省了钱。可就是这位童大人,谁要是送他洋钱,他一概不收。一般来说,送他钱的人,不是他的学生,就是在他手底下当差的,都是有求于他的人。开始送礼的人看见他不收,心里都是很奇怪,后来才知道是怎么回事,只好拿了银子再送去,这回童大人可就不谦让了,立马就高兴地收下。童大人除了收银子之外,也收银票。别人送的银票,多少的都有,一千两、两千两,三百两、五百两,用白纸写的银票多些。还有些人因为怕用白纸写也犯童大人的忌讳,竟然有了新创造,改用大红缎子写,真是十分地新鲜。

这位童大人一辈子虽然很爱钱,但是却也节省得很,几乎一文他都不浪费。他有一间专门的小屋子,凡是别人送给他的银票,他都放在了这间小屋子里。这间小屋子里面黑漆漆的,因为它连个窗户都没有,还一步一锁,无论什么人都不让进去,包括他的亲生儿子,也包括他老婆。一天童大人正在这小屋子里呢,他大儿子有事儿找他,因为以前受过很多次的教训,所以也不敢进去,就在门外等着。等了一会儿,忽然听见他爹在小屋里叫唤起来,原来是他爹正在小屋子的地上找什么东西。姨太太拿着根蜡烛，门帘掀着，在门口站着照亮，也没进去。大少爷想："难道是爹弄丢了什么东西吗？"他正在那儿想呢，只听他爹喊道："还好！"然后就见他爹出来，把门也锁好了。姨太太照亮的时候，大少爷偷偷地向里边看了看，只见这间小屋里，四面墙上贴得一张一张的，很像是账条子，仔细一看，才知道墙上贴的都是银票。大少爷把舌头一吐，暗暗高兴："原来老爹有这么多家当，这间小屋竟然就是他的银库！"

又过了两年，有位总督大人给皇帝上折子，说要买些机器，造咱们中国自己的洋钱。这位童大人见了这个折子，很是不高兴，可是皇帝已经批准了，他也没什么办法，只能回家去生了两天的气。等再出门，有时候便和别人发牢骚说："好端端一个中国，现在都成什么样子了？中国人都用惯银子了，现在却偏偏要学洋人，造什么中国的洋钱？这个洋钱以后如果用开了，那整个中国还不成了他们洋人的世界了？这还了得！我情愿早死一天，眼不见心不烦，省得到那一天的时候叫我看着难过。"他虽然总这样抱怨，可没人理睬他。到了第二年，有两个省造出了银元，送到了户部，这时候童大人已经成了户部最大的官儿，属下拿了一包造好的银元给他看，这童大人闭着眼睛说："我不忍心看这些亡国的东西，你们赶快拿走！"属下都知道他的这个脾气，不想看就不看吧。后来这事儿传开了，京城里的人都把这事儿当成笑话讲。

有一天，童大人的一个学生要到江西九江府当知府，临走的时候来和他辞行。童大人说："听说九江是个很热闹的地方啊。"他的学生说："那儿是个通商码头，各国的商人都有，在那里做官估计不是很容易，因此学生特地来请教您。"童大人叹了口气说："那里有那么多的外国人，总而言之一句话，他们外国人没有一个好东西，都是想法子来骗咱们钱的。我不相信他们外国人就穷到了那步田地，自己国家做不了生意，非得到我们中国来做。更恨人的是，偏偏就有一些不争气的总督、巡抚去附和他们，他们的洋钱不够使，咱们还特地买了机器，造出洋钱来给他们使。不知道他们外国人有什么法术，可以让一些中国人要这样巴结他们？我真是搞不明白！"他的学生说："我们中国人自己造的洋钱不叫洋钱，有的叫'银元'，有的叫'龙圆'。"童大人说："只不过是换了几个名字骗骗皇上罢了，挂羊头卖狗肉，还不和外国洋钱一个样？"他学生说："大小确实一样，但花样却不同。我们的'龙圆'正中盘的是一条龙，所以叫作'龙圆'。"童大人听说花样不和外国的一样，心里马上一动，说："你身上有没有？拿来我瞧瞧。"这学生正好身边有两块洋钱，一块鹰洋、一块龙圆，忙拿了出来，递给童大人说："老师您看。"童大人接在手中，一见有一块鹰洋在内，便皱起眉头，说："怎么你也用这个？"随手就把那块鹰洋丢到了炕上，但却拿着那块龙圆不住地端详，后来看见有龙的一面四周竟然也有洋字，便把脸一板说："怎么，你也来欺负我？如果不是给外国人造的，为什么要刻上这些外国字？我总怀疑现在的有些人，一定是被外国人灌了什么迷魂药,所以什么事儿都帮着外国人,真是我们的悲哀啊!"后来这个学生又再三和他讲,说:"中国所以要自己造龙圆,目的就是要抵制外国洋钱,就像老师单抽国产烟,不抽洋烟一样。"童大人听了之后似乎也明白了许多,但是总觉得这龙圆上面刻了洋字怪闹心的,所以坚决不用。

话还得说回来,童大人这次作为钦差大臣到南方各省检查财政,不但南方那九省的大小官员听了,个个心里不安,就是别的省的官员听了,也都很担心。临出发前他上奏皇上说:"臣这次出京,要走旱路,十八站到清江浦,然后再坐船下江南。"皇上问他:"为什么不坐火车到天津,然后再换轮船到上海?这样不是更快吗?"童大人说:"臣是大清的大臣,应该按照咱们国家的制度办事,什么火车、轮船,走得虽快,却都是外国的东西,如果坐了,不免有伤国体,所以臣怎么也是不敢的。"皇上听他这么说,知道他为人很古板,也就随他去了。

这一天,童大人领着随从官员和钦差大人的卫队,浩浩荡荡地出发了。出发前,早就通知了各省大小官员,叫他们一律不许为了迎接钦差铺张浪费。这样通知下去后,这些官员还都以为这个钦差不知道有多清廉呢,哪知道花的银子更多。就说轿马一项,钦差坐的是长轿,抬轿的每班四人,每天要换三班。外加大少爷和六七十个随员,有的坐轿,有的坐车。而且钦差和随员,每个人还都有自己的跟班。算起来,轿子最少也得二三十顶,马拉大车要一百多架,这马也要一百多匹,人的花费、马的花费,这些费用,一天的钱那就得老多了。户部自己带的那点儿钱怎么能够？这钦差大臣每到一个地方，还总要和地方官说："所有地方暂时垫付的钱，你们写清楚后交给巡捕，然后到我这里来领。"意思就是说童钦差不会花你们地方一分钱。去向钦差大臣要钱，除非地方官是疯了！等到钦差要走的时候，地方官还要把花费的账单给钦差送去，只见账单送进去，不见银子送出来，好在地方官也都不傻，都明白这只不过是做做样子，根本也没想过要钦差还。当然，钦差自己心里也非常清楚，但是事情还就得这么办，钦差毕竟还是钦差，什么钱都钦差自己花，那等回京城的时候还不得要饭回去啊。

其实，让地方官最头疼的，倒不是花钱的问题，而是花多少钱的问题。搞得太节俭了不好，搞得太奢侈了也不好。一传十，十传百，大家都知道钦差不喜欢洋货，所以迎接钦差时，一切摆设，凡是洋钟、洋表、洋毯、洋灯、洋桌、洋椅之类一概不用，都用中国本土货。晚上照明，就点了无数根牛油蜡烛，虽然比不过洋灯亮堂，但这是国产的，大人看了高兴。吃的东西，那更是弄咱们地道的中国菜。这一天路过山东，当时已经是四月了，天儿一天天热起来。跟班的出来，说大人嫌用的水不干净，就是手巾都有馊巴味了。当地官员听见了，立即叫人到趵突泉打了水来给钦差用，又买了一打林文烟的香水交给钦差大人的跟班，说："大人洗脸的时候，你在里边倒些，香喷喷的，大人一定很高兴。"谁知拿了进去，钦差还没有闻着呢,那人拿着香水送到钦差面前,说:"大人,这是外国人的药水,他们拿来药你的。"钦差听了非常生气,马上写信给巡抚,要求一定查办送香水的人。巡抚忙把送香水的官员找来,那官员说那香水是可以避暑的。巡抚回复了钦差,钦差又问是从哪里买来的,后来听说是洋货店里买的,钦差就气不打一处来,说:"我就像女人一样,守节守到了六七十岁了,难道还要晚节不保?你们这些人都不是好人,总要想法子来害我,真是居心不良!"

这样一来,各省的大小官员见钦差的时候都是小心再小心,凡是稍微带点洋气的东西,都不敢让他看见、让他听见。有一天,这位童钦差童大人谈论公事,不知道兴致为什么特别地高,说着说着就忘记了时辰,便问:"现在是什么时辰了?"有位官员见钦差大人询问,无意之中连忙答道:"现在大约有一点钟了。"童钦差听了,便把眉头一皱,眼睛一瞪,说:"你说什么?我没听懂。"嘴里说不懂,其实他心里还能不明白?知道那人说的是洋表上的时间,于是便想到那人身上一定戴着洋表。这童大人半天没说话,侧着耳朵一听,就听见和他坐得最近的一位官员的身上有叮叮的响声。童大人听了一会儿,便问这位官员:"你身上是什么东西啊?怎么叮叮地响?你们大家都听见没有?"众位官员都不敢说话,那位官员更是吓得脸煞白。还好这童大人没有当面揭穿,只是第二天见了巡抚,说某某官员是很漂亮,但漂亮的人总不免华而不实、不务正业，所以他看人总是看那人办事是否实诚。巡抚听了，先是没明白，还以为钦差大人所指的那个官员办事不实诚呢，后来一打听才知道就是因为一块洋表。

这就是童大人，一心地抵制洋货、一心地要用国货。这次身为钦差大臣下江南，童大人一路上以自己的一言一行，实在是大力宣传了他用国货的主张。

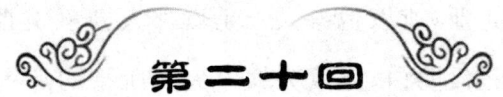

第二十回
甄阁学请假保定探兄长

话说甄阁学（清代称内阁学士为阁学，从二品）甄老爷子，当了一辈子的官儿，自己两个亲生的儿子，现在都已经成家立业了，在官场上都混得还不错。甄阁学年纪大了，这一年，自己感觉精神头儿是大不如前，办起公事来渐渐地感觉也有点吃不消了，便写了封信给大儿子甄学忠，说想要请病假休息一段时间。这时，甄学忠刚刚被调到山东任职，接到了父亲大人的信，甄学忠马上写回信，劝父亲干脆退休在家享清福吧，别再为国为民操劳了，如果实在不愿意在家待着，那就请几个月的长假，到山东来待一段时间。甄阁学不想回家享清福，所以就请了几个月的长假，答应儿子去山东看看。甄学忠收到了父亲的信，便开始琢磨派个人到京城去接老爷子。可派谁去好呢？想来想去，实在是想不出别的人，就只好把他的堂舅爷黄二麻子找了来，请他辛苦一趟，去京城接自己的老父亲。这个黄二麻子在山东省省城里，靠了他自己妹夫的关系，也弄了两三个差事，正是干得很来劲儿的时候，本想拒绝，但见甄学忠是本省的上司，也就痛痛快快地答应了。甄学忠听了很高兴，就赶紧替黄二麻子四处请假，和黄二麻子的各处上司打了招呼不要扣他这段时间的工钱，毕竟黄二麻子的差事有好几个呢！这些上司都明白，给黄二麻子开的工钱又不是他们自己的钱，顺水人情谁不愿意做啊，而且又给了甄大人面子，也是二话没说就都答应了。黄二麻子这下高兴了，可以不干活儿挣工钱，又能免费去京城看看，多好的事儿啊！他第二天收拾收拾东西，第三天就乐乐呵呵地出发了。

一路无话，黄二麻子到了京城之后，找到了甄阁学的家，把甄学忠的信和自己的名帖，托看门的人送了进去。甄阁学看了信，知道来的人是儿子的堂舅爷，是特意从山东来接自己的，又是亲戚，便马上叫"快请"。黄二麻子见了甄阁学，行过礼后，甄阁学让他坐，他也不敢坐，并且一口一个"老大人"，又赶紧报他的名字。甄阁学说："咱们是亲戚，千万别这么客套。"黄二麻子还是不肯听，甄阁学也就随他了。黄二麻子问："老大人想什么时候出发呢？"甄阁学说："我已经请了病假，上头已经批准了，本来是随时就可以出发了，可是没想到我保定的哥哥病了，已经来了好几次信叫我去，说是这次病得很严重，就怕我们老哥儿俩以后见不着面，一再劝我，让我无论如何都要到他那里去一趟。现在好在我没事儿，也很想去看看他。还有，我那些侄儿还没有一个当官的，我去也好和他商量商量，看能不能想点儿什么法子，把他们弄出去两个。"

黄二麻子便问："大人的这位老哥哥，是在保定做官呢，还是干什么？"甄阁学说："不是做官。是这样的，我老嫂子的祖父和父亲都在保定做官，就在保定买了房子，扎了根。我哥娶的头一个媳妇，没生育就死了。现在这一个是后娶的，姓徐。徐家只有这一个女儿，因此家里喜爱得不得了，结果我哥就成了上门女婿。那年我哥已经四十八岁了，嫂子也四十多了。我哥这一辈子最大的心愿就是想当官。他从十六岁就开始参加科举考试，一直考到了四十八岁，三十多年，少说也考了十七八次了，可就是什么也没考上，真是背透了！后来，我哥也就心灰意冷了，彻底死了心，不想再走仕途这条道路了。其实，如果说要花钱买个官做做，我嫂子的娘家有的是钱，而且就他这一个女婿，不要说捐个知县什么的小官儿，就是捐个道台也不在话下。偏偏我哥的丈母娘又是个死心眼，说：'梁灏八十二岁中状元，只要你有志气、有毅力，将来总有发迹的那一天。我这里不缺吃，不缺穿，老婆孩子也不用你养活，你别急着出去做官，我劝你还是安心用功，不要胡思乱想。你才不过是五十岁的人，比起梁灏还年轻三十多岁呢！'我哥听了他丈母娘的话，没办法只好再去考，一考又是考了七八次，如果再考一两次不中，大约离着邀恩（屡次乡试未被录取或年过八十的人，赏赐举人名义，叫"邀恩"）也不远了。唉！人不走运喝凉水都能噎住，哪想到他偏偏又生起病来了。至于我那些个侄子，肚里的墨水和我那两个儿子根本就是没法比。我的两个儿子，我为什么不让他们自己考个官做呢？这样我的面子上也光彩。可惜他们写文章的思路不对，并不是没能力，但那样写文章估计也是考一辈子也不会有出头之日。也就幸亏是我老头子早看清了，给他们买了官，你看现在不也是不错吗？如果像我哥那样，自己折腾了一辈子了，还要让儿子和他一样也去折腾，这又是何苦呢？所以我必须去给他讲讲。"甄阁学说完这番话，黄二麻子也都听明白了，甄老爷子似乎话说多了，也有些累了，黄二麻子见状就赶紧退了下去。京城里的那些好朋友听说甄阁学要走，就开始忙活上了，今天你送礼，明天我要摆酒席。甄阁学最近身体不好，也怕应酬，都一一谢绝了，接着就吩咐下人赶紧把行李收拾好了，雇好了大车，提前三天就动身上保定了。他的二儿子甄学孝和家眷仍留在京城，就让黄二麻子陪着他去。

甄阁学和黄二麻子两人在路上走了很多天，终于到了保定他哥家的大门口。原来他哥的丈母娘一年前去世了，现在是过继来的儿子在当家，于是他哥另外买了一所大房子搬出来住了。下车之后，甄阁学见兄心切，就先进去了。黄二麻子没跟着进去，先招呼下人把行李等物品都卸下来，然后又仔细看了看大门楼底下的两面墙，只见满墙上都贴着两寸来宽的红纸封条，封条上面写着大大小小的各种官衔儿，把黄二麻子看得是眼花缭乱。黄二麻子一边看，一边心里想："他老人家一辈子不是没做过什么官吗？就是他弟弟甄老先生也不过是做到了内阁学士，他家上代好像也没有什么阔人，怎么会有这么多官衔呢？写地方上的那些官衔和武职就更不应该了，如果说是亲戚的，那也应该挑官儿大的写上几个，脸上才有光，却把什么都写上去了，这不长脸，反倒是丢脸啊。真不知道人家是怎么想的。"黄二麻子正在大门楼底下一个人纳闷，不知不觉，行李等物品都已经卸完了，于是跟着大伙儿一块儿进去了。这里的管家对他说："二老爷进来的时候，我们老爷正昏迷着，到现在还没有醒呢。"黄二麻子虽然和人家有点儿亲戚，但也不好直接就过去看，所以只好一个人坐在客厅里等着。没等多久，就听见里面一片哭声。黄二麻子说声："不好，人一定是断了气了！"他有心进去看看，还怕自己太冒失，心里又想："幸亏来得及时，他老哥儿俩还见上了一面，但就这么一会儿的工夫，他们老哥儿俩可能连句话都还没说上呢。"正胡乱猜测呢，里面的哭声突然又都止住了，黄二麻子更加地纳闷儿了。

再说那甄阁学，下了车就往里走，正碰到他一个侄子迎了出来，这个侄子赶紧给他请了安，然后领着他来到他大哥的卧室。刚进去，就见他那位嫂子正站在那里呢，甄阁学是个严守礼节的人，见了兄嫂，马上就跪下磕头。磕完了头，嫂子忙叫他的侄子都来给他磕头。等到见完了礼，甄阁学忙问："我大哥现在怎么样了？"他嫂子见他问，早都是眼泪汪汪了，拿袖子擦了擦，停了半天，才道："不太好，兄弟里面坐吧。"甄阁学心里着急，不等嫂子让，早就掀开门帘几大步走了进去。进了房来，只见他哥头朝外躺在床上，用块毛巾包着头,脸上一点儿血丝也没有,一看就是病了很久了。甄阁学进来的时候,他哥正迷迷糊糊的,似醒非醒,根本就不知道有人进来。等到甄阁学叫了他一声,他好像被惊醒了,略微睁了睁眼,就又闭上了,后来他儿子走到床前,高声说:"是我二叔来了。"他这才明白,立刻又惊又喜,竭力地从被窝里拿出一只手来,哆哆嗦嗦一把拉住了他兄弟的衣裳。看他那情形,一定是有很多话要和他兄弟说。谁知拉他兄弟衣裳的时候,他用力大了些,好像闪了气,一下就昏过去了,手马上一松,又是人事不省了。他儿子连忙哭着喊,喊了几声,也没把他喊醒过来。甄阁学一见哥哥这样,止不住淌下泪来。谁知他嫂子、侄子见他这样,以为病人不行了呢,又一起用力喊了两声,也还是没反应,便以为他哥真死了,于是一齐痛哭起来。后来还是常伺候病人的一个老妈子,在病人胸口摸了一把,说:"老爷胸口还有热气呢。"众人这才知道人还没事儿。

大约过了十多分钟,忽然听见病人在床上大叫起来,众人都吃了一惊,赶紧掀开帐子,只见病人已经挣扎着爬起来了。众人又怕他闪了气,急着想要按下他,却又按不下去,只好扶他坐起来。只听他嘴里还自言自语道:"这可真是吓死我了!"一连说了两遍,说话的声音很有劲儿,完全不像平常,再看他的脸,也有了些血色了。甄阁学是又惊又喜,忙问:"大哥,你怎么样?"只听他答道:"我刚才好像做了一个梦,梦见走到一座深山里,这山上豺、狼、虎、豹,什么都有,见了人,恨不得一口就吞下去的样子。我多亏躲在树林子里,没有被这些猛兽瞧见,所以才没事儿。"怎么着他也是有病之人,说到这里,便不觉上气不接下气了。甄阁学的嫂子赶忙吩咐下人端上早都炖好的参汤,他喝了两口后,又说:"我在树林子里,那些野兽看不见我,我却能看见他们,看得一清二楚。原来这山上除了豺、狼、虎、豹,还有猫、狗、老鼠、猴子、黄鼠狼,至于猪、羊、牛,更是多得数不过来。老鼠能钻,满山里打洞,钻得进去的地方,它要钻,如果碰见石头,钻不进去,它也要钻。狗更是见了人就咬,但很怕老虎吃它,因此见了老虎它就使劲儿摇尾巴,你们说可怜不?最坏的就是猫了,蹿上跳下的,见了虎、豹,它就爬到树上去,虎、豹走远了,它又下来。猴子呢,是见什么学什么。黄鼠狼多是顾前不顾后,后头追得紧,它就一连放上几个臭屁跑了。此外还有狐狸,装成模样俊俏的女人,在山上走来走去,叫人看了,真是怜爱死了。猪、羊根本就是没用的东西。牛虽然长得大,其实也就是摆摆样子。我躲在树林子里看了半天,心里就想:'我现在和这些畜生在一块儿,终究也不是个事儿啊!'于是就想赶紧从树林里走出来。可是漫山遍野都是这些畜生的世界,实在是走不出去啊。想来想去,只好把心一横,闭着眼睛,再想别的办法。正在这时,冷不丁一声大吼,好像天崩地裂似的。我早都被吓昏了,也不知道自己是生是死了,恍恍惚惚的,一睁眼忽然又到了另一个世界,先前那些畜生什么的都没了,我刚才所受的惊吓好像也忘记了。"

病人说到这里,又停了一会儿,甄阁学的嫂子马上又给

甄阁学兄长眼中的禽兽世界

他喝了两口参汤，他又接着说道："我梦里所到的地方，竟然是宽广的大马路，车来车往，络绎不绝，和我到过的上海的大马路一个样子。我就不由自主地向东走，不知不觉，来到一个地方，那是一所特别高大的洋房子，有很高的台阶。我上了台阶，还一边走，一边数台阶，足足有一十八级台阶。我终于上去了，觉得腿有点酸，就在东面廊下一张外国椅子上躺下了。蒙蒙眬眬刚要睡去，忽然感觉身后有人使劲儿推了我一把，大声冲我嚷道：'你是哪儿来的？敢在这里睡！你也不看看这是什么地方，还不给我快点滚！'我听他骂我，我也生了气，便说：'你们做你们的老爷，我睡我的觉，我不妨碍你们，你们也别管我，你凭什么管我？说我不懂规矩，难道他们那些戴帽子、穿靴子的人，就没办过不规矩的事儿吗？'那人见我敢顶撞他，抢起拳头就要打我。我也不是好欺负的，就和他打了起来。洋房里的人听见外面打架，立刻出来吆喝说：'这里办正经事儿呢，你们胡闹什么？'那人见来人了，马上住了手，我也就住了手。里头出来的人便问我是哪儿来的。我怎么回答呢，因为我恍恍惚惚根本记不清了。不过我却记得我问那人：'你们在这里干什么？'那人说：'我们在这里校对一本书。'我问他是什么书，那人说：'上帝可怜中国都穷成这样了，一心想要救救中国，但是中国人太多了，不是一时都救得了的，因此便想到一个好法子，说：'中国向来是专制政体，全天下的老百姓都怕当官的，当官儿的做什么，百姓就做什么。因此就拿定了主意，先把这些当官儿的弄好了，素质提上去了,然后让他们领着百姓做。你想啊,中国的官儿,大大小小那么多,人无完人,他们的毛病,很像是一个教书先生教出来的。因此就想能不能模仿学校里教书先生教学生的法子,编几本教科书教导他们,并且仿照世界各国的普遍教法,从小学到中学,再到大学,一级一级地教,等到他们大学毕业后,再让他们出去做官,应该就都是好官了。二十年之后,中国就会是另外一个样子了!'我听了还没来得及回答,只见那人的背后又走过一个人来,拍了他一下,说声:'兄弟,快去校对你的书吧。校对完了好一块儿出去吃饭。'那人听了之后就进去了。没过多大一会儿,里面忽然大喊起来,原来里面失了火,接着就看见许多人,抱了些烧得残缺不全的书出来,顷刻之间火苗已经蹿到屋顶了。一会儿,救火的也赶到了,救了半天,终于把火扑灭了,再到屋里一看,并没看见有失火的痕迹,就是刚才灭火的水龙头里放出的水,地上也没有一点儿。我心里正奇怪呢,只见那些人回来了,围在一张桌子旁边,翻看烧残的书籍。翻了半天,说是他们校对的那部书,只剩下前半部了。原来这部教科书,前半部是专门写那些做官者的坏处,可能是想叫他们读了改过自新;后半部才是写应该怎样去做官。如今只剩下前半部了,光有这前半部,也不像本教科书了,倒像什么《封神榜》《西游记》,妖魔鬼怪,什么都有。他们那些人便商议说:'怎么着也应该把后半部再补齐了。'其中有一个人说:'我是记不住了,就是要补,也不是一两年的事情。依我看呢,还是把这半部先印出来吧,总是有点儿好处的。况且古人早就说过半部《论语》治天下,半部就半部吧。这也许就是造化吧。'众人虽然犹豫了半天,但也没想出别的好法子,只好同意了,接着就一哄而散了。他们都散了,我的梦也就醒了。说来也奇怪,现在感觉精神格外地好。"

甄阁学看他哥的病突然间好了,心里是非常地高兴,又在他哥那儿待了几天,就领着黄二麻子赶往山东,到他大儿子那儿去了。